은세계

한국문학산책 45 신소설
은세계

지은이 이인직
엮은이 송창현
펴낸이 안용백
펴낸곳 (주)넥서스

초판 1쇄 인쇄 2013년 6월 15일
초판 1쇄 발행 2013년 6월 20일

출판신고 1992년 4월 3일 제311-2002-2호
121-840 서울시 마포구 서교동 394-2
Tel (02)330-5500 Fax (02)330-5555

ISBN 978-89-6790-078-6 04810

www.nexusbook.com
지식의 숲은 (주)넥서스의 인문교양 브랜드입니다.

한국문학산책 45
신소설

이인직
은세계

송창현 엮음·해설

지식의숲

겨울 추위 저녁 기운에 푸른 하늘이 새로이 취색하듯이 더욱 푸르렀는데, 해가 뚝 떨어지며 북새풍(北塞風, 북쪽에서 불어오는 찬바람)이 슬슬 불더니 먼 산 뒤에서 검은 구름 한 장이 올라온 다. 구름 뒤에 구름이 일어나고, 구름 옆에 구름이 일어나고, 구름 밑에서 구름이 치받쳐 올라오더니, 삽시간에 그 구름이 하늘을 뒤덮어서 푸른 하늘은 볼 수 없고 시커먼 구름 천지라. 해끗해끗한 눈발이 공중으로 회회 돌아 내려오는데, 떨어지는 배꽃 같고 날아오는 버들가지같이 힘없이 떨어지며 간 곳 없이 스러진다. 잘던 눈발이 굵어지고, 드물던 눈발이 아주 떨어지기 시작하며 공중에 가득 차게 내려오는 것은 눈뿐이요, 땅에 쌓이는 것도 하얀 눈뿐이라. 쉴 새 없이 내리는데, 굵은 체 구멍으로 하얀 떡가루를 쳐서 내려오듯 솔솔 내리더니 하늘 밑에 땅 덩어리는 하얀 흰무리 떡 덩어리같이 되었더라.

사람이 발 디디고 사는 땅 덩어리가 참 떡 덩어리가 되었을 지경이면 사람들이 먹을 것 다툼 없이 평생에 떡만 먹고 조용히 살았을는지도 모를 일이나, 눈구멍 얼음 덩어리 속에서 꿈적거리는 사람은 다 구복(口腹)에 관계한 일이라. 대체 이 세상에 허유(許由)같이 표주박만 걸어 놓고 욕심 없이 사는 사람은 복이 있다더라.

강원도 강릉 대관령은 바람도 유명하고 눈도 유명한 곳이라. 겨울 한철에 바람이 심할 때는 기왓장이 훌훌 날린다는 바람이요, 눈이 많이 올 때는 지붕 처마가 파묻힌다는 눈이라. 대체 바람도 굉장하고 눈도 굉장한 곳이나, 그것은 대관령 서편의 서강릉이라는 곳을 이른 말이요, 대관령 동편의 동강릉은 잔풍향양(潺風向陽)하고 겨울에 눈도 좀 덜 쌓이는 곳이라. 그러나 일기도 망령을 부리던지 그날 눈과 바람은 서강릉도 이보다 더할 수는 없지 싶을 만하게 대단하였는데, 갈모봉이 짜그러지게 되고 경금 동네가 폭 파묻히게 되었더라. 경금은 강릉에서 부촌으로 이름난 동네라, 산 두메 사는 사람들이 제가 부지런하여 손톱 발톱이 닳도록 땅이나 뜯어먹고 사는데, 푼돈 모아 양돈 되고,

양돈 모아 쾟돈 되고, 송아지 길러 큰 소 되고, 박토 긁어 옥토를 만들어서 그렇게 모은 재물로 부자 된 사람이 여럿이라. 그 동네에는 최 본평의 집이 있는데, 동네 사람들의 말이,

"저 집은 소문 없는 부자라. 최 본평 내외가 억척으로 벌어서 생일이 되어도 고기 한 점 아니 사 먹고 모으기만 하는 집이라, 불과 몇 해 동안에 형세가 버썩 늘었다. 우리도 그 집과 같이 부지런히 모아 보자."

하며 남들이 부러워하고 본받으려 하는 사람이 많은 터이라.

대체 최 본평 집은 먹을 것, 입을 것 걱정은 아니하는 집이라. 겨울에 눈이 암만 많이 오더라도 방이 덥고, 배부르고, 등에 솜조각 두둑한 터이라. 그 눈이 내년 여름까지 쌓여 있더라도 한 해 농사를 못 지어서 굶어 죽을까 겁날 것은 없고, 다만 겁나는 것은 염치없는 불한당이나 들어올까 그 염려뿐이라. 바람은 지동 치듯 불고 최 본평 집 사립문 안에서 개가 콩콩 짖는데, 밤사람의 자취로 아는 사람은 알았으나, 털 가진 짐승이라도 얼어 죽을 만하게 춥고 눈보라치는 밤이라, 누가 내다보는 사람은 없고 짖는 개만 목이 쉴 지경이라. 두메 부잣집도 좀 얌전히 잘 지은 집이 많으련마는 경금 최 본평 집은 참 돈만 모으려고 지은 집인지 울타리를 너무 이심스럽게 하였는데, 높이가 길반이나 되는 참나무로 틈 하나 없이 튼튼하게 한 울타리가 옛날 각 골

옥담 쌓듯이 삥 둘렀는데 앞에 사립문만 닫으면 송곳같이 뾰족한 수가 있는 도적놈이라도 뚫고 들어갈 수가 없이 되었더라. 그 울안에 행랑이 있고 그 행랑 앞으로 지나가면 사람이 있으나, 사립문 밖에서 보면 행랑이 가려서 사랑은 보이지 아니하니 여간 발씨 익은 과객이 아니면 그 집에 사랑 있는 줄은 모르고 지나가게 된 집이러라.

밤은 이경이 될락 말락 하였는데 웬 사람 오륙 인이 최 본평 집 사립문을 두드리며 문 열어 달라 소리를 지르나 앞에서 부는 바람이라, 사람의 목소리가 떨어지는 대로 바람에 싸여서 덜미 뒤로만 간다. 주인은 듣지 못한 고로 대답이 없건마는 문밖에서 문 열어 달라 하는 사람은 골이 어찌 대단히 났던지 악을 써서 주인을 부르는데 악을 쓰는 아가리 속으로 눈 섞인 바람이 한입 가득 들어가며 기침이 절반이라. 사립문이나 부술 듯이 발길로 걷어차니 사립문 위에 얹혔던 눈과 문틈에 잔뜩 끼었던 눈이 푹 쏟아지며 사람의 덜미 위로 눈사태가 내려온다. 행랑방에서 기침 소리가 쿨룩쿨룩 나며 개를 꾸짖더니 무엇이라고 두덜두덜하며 나오는 것은, 최 본평 집에서 머슴 들어 있는 자라. 바지춤 움켜쥐고 버선 벗은 발에 나막신을 신고 나가서 사립문을 여니 문밖에 섰던 사람이 골이 잔뜩 나서 누구든지 닥치는 대로 분풀이를 하려던 판이라. 와락 들어오며, 머슴 놈을 때리며 발길로 걷어차며, 무슨 토죄를 하는데, 머슴이 눈 위에 가로 떨어져서 살려 달라고 빈다.

머슴의 계집은 웬 영문인지도 모르고 겁에 질려 행랑방 뒷문을 열고 버선발로 뛰어와서 눈이 정강이까지 푹푹 빠지는 마당으로 엎드러지며 곱드러지며 안으로 들어가니 그때 안 중문은 걸려 있는지라. 안 뒤꼍으로 들어가서 안방 뒷문을 두드리며,

"본평 아씨, 본평 아씨, 불한당이 들어와서 천쇠를 때려서 죽게 되었습니다."

하는 소리에 본평 부인이 베틀 위에서 베를 짜다가 북을 탁 던지고 일어나려 하나, 허리에 찬 베틀 끈이 걸려서 빨리 내려오지 못하고 겁결에 잠든 딸을 부른다.

"옥순아, 옥순아! 어서 일어나거라. 불한당이 들어온다!"

하며 일변으로 허리에 맨 베틀 끈을 끄르고 방문을 열고 나가니, 자다가 깬 옥순은 어머니를 부르며 우나 부인이 대답도 아니하고 버선 바닥으로 뛰어나가서 사랑문을 두드리며 남편을 부르는데, 본평 부인이 어렸을 때에 그 친정에서 듣고 보고 자라나던 말투라.

"옥순 아버지, 옥순 아버지, 불한당이 들어온다 하니, 이를 어찌한단 말이오?"

하며 벌벌 떠는 소리로 감히 크게 못 하더라. 원래 그 집 사랑방

에서 안으로 들어오는 문이 있는데 그 문은 앞뒤로 종이를 어찌 두껍게 많이 발랐던지, 문밖에서 가만히 하는 소리는 방 안에서 자세히 들리지 아니하는지라 그 남편이 대답을 아니하고 부인이 그 말을 거푸거푸 한다. 그때 최 본평은 덧문을 척척 닫고 자리 펴놓고 들기름 등잔에서 그을음이 꺼멓게 오르도록 돋워 놓고 앉아서 집뼘 한 뼘씩이나 되는 숫가지 늘어놓고 한 짐 두 뭇이니 두 짐 닷 뭇이니 하며 구실 돈 셈을 놓다가 문 두드리는 소리를 듣고 정신없이 아니 놓을 수 한 가지를 덜컥 더 놓으며 고개를 번쩍 드는데 부인의 말소리가 최 본평의 귓구멍으로 쏙 들어갔다.

"응, 불한당이라니, 불한당이 어디로 들어와?"
하며 벌떡 일어나서 안으로 난 문을 와락 여는데, 부인은 문에 얼굴을 대고 섰다가, 문이 얼굴에 부딪쳐서 부인이 '애쿠' 소리를 하며 푹 고꾸라지니, 최 씨가 문설주를 붙들고 내다보며 당황히, 어, 어 소리만 하고 섰는데, 그때 마침 행랑 앞에서 머슴을 치던 사람들이 사랑 앞으로 와서 마루 위로 올라서던 차라. 안으로 난 문 여는 소리를 듣고 주인이 도망하려는 줄로 알고,

"듣거라!"
소리를 하며 마루를 쾅쾅 구르고 들어오며 사랑 지게문을 열어젖히더니, 제비같이 날쌘 놈이 번개같이 달려 들어오니 본래

최 본평은 도망하려는 생각이 아니라 불한당이 들어오는 줄로만 알고 안으로 들어가서 집안사람들이 놀라지 아니하게 안심시키려던 차에, 부인이 얼굴을 다치고 넘어진 것을 보고 나가서 일으키려 하다가 사랑방에 그 광경 나는 것을 보고 도로 사랑으로 들어서며,

"웬 사람들이냐?"

묻는데 그 사람들은 대답도 없고 최 씨를 잡아 묶으며 사람의 정신을 빼는데, 최 부인은 남편이 곤경 당하는 소리를 듣고 얼굴 아픈 생각도 없고 내외할 경황도 없이 사랑방을 들여다보며 벌벌 떨고 섰는데, 나이 이십칠팔 세쯤 된 어여쁜 부인이라.

그날 밤에, 최 본평 집에 들어와서 야단치던 사람들은 강원 감영 장차인데 영문 비관을 가지고 강릉 경금 사는 최병도를 잡으러 온 것이라. 최병도의 자는 주삼이니 강릉서 누대 사는 양반이라. 시골 풍속에 동네 백성들이 벼슬 못 한 양반의 집은 그 양반의 장가든 곳으로 택호를 삼는 고로, 최 본평 댁이라 하니 본평은 최병도 부인의 친정 동네이라. 그때 강원 감사의 성은 정 씨인데, 강원 감사로 내려오던 날부터 강원 일도 백성의 재물을 긁어 들이느라고 눈이 벌게서 날뛰는 판에 영문 장차들이 각 읍의 밥술이나 먹는 백성을 잡으러 다니느라고 이십육 군 방방곡곡에 늘어섰는데, 그런 출사 한 번만 나가면 우선 장차들이

수나는 자리라.

장차가 최병도를 잡아 놓고 차사례(差使例)를 추어내는데, 염라국 사자 같은 영문 장차의 눈에 최병도 같은 양반은 개 팔아 두 냥 반만치도 못하게 보고 마구 다루는 판이라 두 손목에 고랑을 잔뜩 채우고 차사례를 달라 하는데, 최 씨가 차사례를 아니 주려는 것이 아니라, 여간 돈을 주마 하는 말은 장차의 귀에 들어가지도 아니하고, 제 욕심을 다 채우려 든다.

대체 영문 비관을 가지고 사람 잡으러 다니는 놈의 욕심은, 남의 묘를 파서 해골을 감추고 돈 달라는 도적놈보다 몇 층 더 극악한 사람들이라. 가령 남의 묘를 파러 다니는 도적놈은 겁이 많지마는 영문 장차들은 겁이 없는 불한당이라. 더구나 그때 강원 감영 장차들은 불한당 괴수 같은 감사를 만나서 장교와 차사들은 좋은 세월을 만나 신이 나는 판이라. 말끝마다 순사도(巡使道)를 내세우고 말끝마다 죄인을 잡으러 온 자세를 하며 장차의 신발값을 달라고 하는데, 말이 신발값이지 남의 재물을 있는 대로 다 빼어먹으려 드는 욕심이라. 열 냥을 주마 하여도 코웃음이요, 백 냥을 주마 하여도 코웃음이요, 이백 냥 삼백 냥을 주마 하여도 코웃음인데, 그때는 엽전 시절이라, 새끼 밴 큰 암소 한 필을 팔아도 칠십 냥을 받기가 어렵고 좋은 봇돌논 한 마지기를 팔아도 삼사십 냥이 넘지 아니할 때이라.

최 씨가 악이 버썩 나서 장차에게 돈 한 푼 아니 주고 배기려만 든다. 장차는 죄인에게 전례돈을 뺏어 먹기에 졸업한 놈들이라, 장교가 최 씨의 그 눈치를 채고 사령을 건너다보며,

"이애 김달쇠야, 네가 명색이 사령이냐 무엇이냐? 우리가 비관을 메고 올 때에 순사도 분부에 무엇이라 하시더냐? 막중 죄인을 잡으러 가서, 만일 실포할 지경이면 너희들은 목숨을 바치리라 하셨는데, 지금 죄인을 잡아서 저렇게 헐후(歇后)히 하다가 죄인을 잃으면, 우리들은 순사도께 목숨을 바치잔 말이냐? 우리들이 이런 장설(壯雪)을 맞고 이 밤중에 대관령을 넘어올 때 무슨 일로 왔느냐? 오늘 밤에 우리가 곤하게 잠든 후에 죄인이 도망할 지경이면, 우리들은 죽는 놈이다. 잘 알아차려라."

그 말이 뚝 떨어지며 사령이 맞적수가 되어 신이 나서 그 말대답을 하며 달려들더니, 역적 죄인이나 잡은 듯이 최병도를 꼼짝 못하게 결박을 하는데 장차의 어미나 아비나 쳐 죽인 원수같이 최 씨의 입에서 쥐 소리가 나도록, 두 눈이 툭 솟도록, 은근히 골병이 들도록 동여매느라고 사랑방에서 새로이 살풍경이 일어나는데 안마당에서 본평 부인의 울음소리가 난다.

"애고! 이것이 웬일인고! 이를 어찌하잔 말인고? 애고 애고, 평생에 남에게 싫은 소리 한 번 아니하고 사는 사람이 무슨 죄가 있어서 이 지경을 당하노? 애고 애고, 하느님 하느님, 죄 없

는 사람을 살게 하여 줍시사! 애고 애고 여보, 옥순 아버지, 돈
이 다 무엇이란 말이오? 영문 장차가 달라는 대로 주고 몸이나
성하게 잡혀가시오."

하며 우는데 옥순은 어머니를 부르며 악마구리같이 따라 운다.
최병도가 제 몸 고생하는 것보다 그 부인과 어린 딸의 마음을
위로하기 위하여 장차에게 돈 칠백 냥을 주기로 작정이 되었는
데, 장차들의 욕심이 흠쭉하게 찼던지 결박하였던 것도 끌러 놓
을 뿐만 아니라, 맹세지거리를 더럭더럭 하며 말을 함부로 하던
입에서 말이 너무 공손히 나온다.

"최 서방님, 아무 염려 마시오. 우리가 영문에 가서 순사도께
말씀만 잘 아뢰면 아무 탈 없이 될 터이니 걱정 마시오. 들어앉
으신 순사도께서 무엇을 알으시겠습니까? 염문하여 바친 놈들
이 몹쓸 놈이지요. 우리가 들어가거든 호방 비장 나리께도 말
씀을 잘 여쭙고 수청 기생 계화더러도 말을 잘 하여서 서방님
이 무사히 곧 놓여 오시게 할 터이니 우리만 믿으시오. 아따, 일
만 잘되게 만들 터이니 호방 비장 나리께 약이나 좀 쓰고 계화
란 년은 옷 하여 입으라고 돈 백이나 집어 주시구려. 아따, 요새
그년이 뽐내는 서슬에 호사 한 번 잘 시키고 그 김에 계화란 년
상관(相觀)이나 한 번 하시구려. 촌에 사는 양반이 그런 때 호강
을 좀 못 해 보고 언제 하시겠소? 그러나 딴 구멍으로 청할 생각

마시오. 원주 감영 놈들이란 것은 남의 것을 막 떼먹으려 드는 놈들이오. 누가 무엇이라 하든지 당초에 상관을 마시오. 서방님 같은 양반이 영문에 가시면 못된 놈들이 공연히 와서 지분지분 할 터이니 부디 속지 마시오."

하더니 다시 사령을 건너다보며,

"이애 사령들아! 너희들도 영문에 들어가거든 똑 내가 시키는 대로 이렇게만 말하여라. 강릉 경금 사는 최 본평이란 양반은 아까운 재물을 결딴냈더라. 그 어림없는 양반이 서울 가서 뉘 꾀임에 빠졌던지, 지금 세상에 쩡쩡거리는 공사청 내시들의 노름하는 축에 가서 무엇을 얻어먹겠다고 그런 살얼음판에 들어앉아서 노름을 하였던지, 부자득명(富者得名)하고 살던 재물을 죄 잃어버리고 아무것도 없다네. 대체 노름빚이 얼마나 되었던지 내시 집에서 노름빚을 받으려고 최 본평이라는 그 양반 집으로 사람을 내려 보내서 전장문서(田莊文書)를 전부 뺏어 가고 남은 것은 한 이십 간 되는 초가집 하나와 황소 한 필뿐이라 하니, 아무리 시골 양반이 만만하기로 남의 재물을 그렇게 뺏어 먹는 법이 있느냐? 하면서 풍을 치고 다니어라. 그러면 나는 호방 비장 나리께 들어가서 어떻게 말씀을 여쭙든지 열기 없이 속여 넘길 터이다. 이애, 우리끼리 말이지 우리 영문 사또 귀에 최 서방님이 패가하셨다는 소문이 연방 들어갈 지경이면 당장에 백방하실 터이다. 또 요사이는 죄인이 어찌 많던지, 옥이 툭 터지게 되었으니 쓸데없는 죄인은 곧잘 놓으신다. 이애, 일전에도 울진 사는 부자 하나가 잡혀 왔을 때 너희들도 보았지? 그때 옥이 좁아서 가둘 데가 없다고 아뢰었더니 사또 분부에 허름한 죄인은 더러 내놓으라고 하시더니, 죄는 있고 없고 간에 거지 같은 놈은 다 내놓았더라. 이애들, 별말 말고 우리가 최 서방님 일만 잘 보아드리자. 우리들이 서방님 일을 이렇게 잘 보아드리는데 서방님께서 무슨 처분이 계시지, 설마 그저 계시겠느냐?"

그렇게 제게 당길심 있는 말을 하면서 최 씨를 위하여 줄 듯이 말을 하나, 최 씨가 도망하지 못하도록 잡도리하는 것은 처음과 조금도 다를 것이 없는지라.

그날 밤에는 그런 소요로 그럭저럭 밤을 새우고, 그 이튿날 장차의 전례돈을 다 구처(區處)하여 원주 감영으로 환전을 부친 후에 최 씨를 앞세우고 곧 떠나려 하는데, 본래 최병도는 경금 동네에서 득인심한 사람이라 양반, 상인 없이 최 씨의 소문을 듣고 최 씨를 보러 온 사람이 많으나, 장차들이 최 씨를 수직(守直)하고 앉아서, 누구든지 그 방에 사람이 들어가지 못하게 하는 터이라. 본평 부인이 그 남편이 떠나는 것을 좀 보고자 하여 그 종 복녀를 사랑을 내보내서 장차에게 전갈로 청을 하는데 촌양반의 집종이 영문 장차를 어찌 무서워하던지 사랑 뜰에 우두커니 서서 말을 못 한다. 그때 마침 동네 사람들이 최 씨를 보러 왔다가 보지 못하고 떠나갈 때에, 길에서 얼굴이나 본다 하고 최 씨의 집 사립문 밖에서 서성거리고 있는 사람도 많은 터이라.

그중에 웬 젊은 양반 하나가 정자관을 쓰고 시골 촌에서는 물표 다를 만한 가죽신을 신고 서양목(西洋木) 옥색 두루마기에 명주 안을 받쳐 입고, 얼굴은 회오리밤 벗듯 하고, 눈은 샛별 같고, 나이는 삼십이 막 넘은 듯한 사람이 담뱃대를 물고 마당에 섰다가, 복녜의 모양을 보고 복녜를 불러 묻는다.

"이애 복녜야, 너 왜 거기 우두커니 서서 주저주저하느냐?"

"아씨께서 서방님께 좀 뵈옵겠다고 사랑에 나가서 그 말씀 좀 하라셔요."

관 쓴 양반이 그 말을 듣더니 사랑마루 위로 썩 올라서면서 기침을 한 번 점잖게 하며 사랑방 지게문을 뚝뚝 두드리며, 영문 장교더러 할 말이 있으니 잠깐 좀 내다보라 하니, 본래 영문 장차가 감사의 비관을 가지고 촌 양반을 잡으러 나가면, 암행어사 출두나 한 듯이 기승스럽게 날뛰는 것들이라 장교가 불미한 소리로,

"웬 사람이 어디를 와서 함부로 그리하느냐?"

하며 내다보기는 고사하고 사령더러 잡인들을 다 내쫓으라 하

니 사령 하나가 문을 열어 젖뜨리며 와락 나오더니, 관 쓴 양반의 가슴을 내밀며 갈범같이 소리를 지르는데 관 쓴 양반이 눈에서 불이 뚝뚝 떨어지도록 부릅뜨고 호령 한마디를 하더니, 다시 마당에 섰는 웬 사람을 내려다보며,

"이애 천쇠야, 너 지금 내로 이 동네 백성들을 몇이 되든지 빨리 모아 데리고 오너라."

하는데, 천쇠는 어젯밤에 장차들에게 얻어맞던 원수를 갚는다 싶은 마음에 신이 나서 목청이 떨어지도록 소리를 지른다.

"아랫말 김 진사 댁 서방님께서 동네 백성들을 모으라신다. 빨리 모여들어라."

하면서 사립문 밖으로 나가는데, 그때는 눈이 길길이 쌓인 때라. 일 없는 농군들이 최 본평의 집에 영문 장차가 나와서 야단을 친다 하는 소리를 듣고 구경을 하러 왔다가 장차가 못 들어오게 하는 서슬에 겁이 나서 못 들어오고 이웃 농군의 집에 들어앉아서 까마귀 떼같이 지껄이고 있는 터이라.

"본평댁 서방님이 영문에 잡혀가신다지?"

"그 양반이 무슨 죄가 있어서 잡아가누?"

"죄는 무슨 죄, 돈 있는 것이 죄이지."

"요새 세상에 양반도 돈만 있으면 저렇게 잡혀가니 우리 같은 상놈들이야 논마지기나 있으면 편히 먹고살 수 있나?"

"이런 놈의 세상은 얼른 망하기나 하였으면……. 우리 같은 만만한 백성만 죽지 말고 원이나 감사나 하여 내려오는 서울 양반까지 다같이 죽는 꼴 좀 보게."

"원도 원이요, 감사도 감사거니와 저런 장차들부터 누가 다 때려죽여 없애 버렸으면."

하면서 남의 일에 분이 잔뜩 나서 지껄이고 앉았던 차에, 천쇠의 소리를 듣고 우 몰려나오면서 천쇠더러 무슨 일이 있느냐 묻는데, 천쇠는 본래 호들갑스럽기로 유명한 놈이라, 영문 장차가 김 진사 댁 서방님을 죽이는 듯이 호들갑을 부리며 어서 본평댁으로 들어가자 소리를 어찌 황당하게 하던지, 농군들이,

"자아, 들거라!"

소리를 지르고 최 본평 집 사랑 마당에 들어오는데, 제 목소리에 제가 정신을 못 차릴 지경이라.

장금 동네가 별안간에 발끈 뒤집으며, 최 본평 집에 무슨 야단났다 소문이 퍼지며 양반, 상인, 아이, 어른 없이 달음박질을 하여 최 본평 집에 몰려오는데, 마당이 좁아서 나중에 오는 사람은 들어오지 못하고 사립문 밖에 서서 궁금증이 나서 서로 말을 묻느라고 야단이라.

그때 최 본평 집 사랑 마당에서는 참 야단이 난 터이라. 김 씨의 일호령에 원주 감영 장차들을 마당에 꿇려 앉혔는데, 김 씨

의 호령이 서리 같다.

"너희들이 명색이 영문 장차라는 거냐? 영문 기세만 믿고 행악을 할 대로 하던 놈들은 내 손에 좀 죽어 보아라. 민요가 나면 원과 감사가 민요에 죽는 일도 있고, 군요가 나면 세도재상이 군요에 죽는 일이 있는 줄을 너희들이 아느냐? 내가 너희들에게 실체하기는 하였다. 너희들에게 할 말이 있으면 내 집 사랑에서 너희들을 불러서 이를 일이나, 지금 당장에 이 댁 최 서방님이 영문으로 잡혀가시는 터에, 급히 너희들더러 청할 말이 있는 고로, 내가 여기 서서 방에 있는 너더러 좀 나오라 하였다가 내가 너희들에게 욕을 보았다. 오냐, 여러 말 할 것 없다. 너희들 같은 놈은 어디 가서 기승을 부리다가 남에게 맞아 죽는 일이 더러 있어야, 이후에 다른 장차들이 촌에 나가서 조심하는 일이 생길 터이니, 오늘 너희들은 살려 보낼 수 없다."

하더니 다시 동네 백성들을 내려다보며,

"이애, 이 동네 백성들 들어보아라. 나는 오는 민요 장두로 나서서 원주 감영 장차 몇 놈을 때려죽일 터이니, 너희들이 내 말을 들을 터이냐?"

경금 백성들이 신이 나서 대답하는데 마당이 와글와글한다.

"네, 소인들이 내일 감영에 다 잡혀가서 죽더라도 서방님 분부 한마디만 있으면 무슨 일이든지 하라시는 대로 거행하겠습

니다."

"응, 민요를 꾸미는 놈이 살 생각은 하여서는 못 쓰는 법이라. 누구든지 죽기를 겁내는 사람이거든 여기 있지 말고 나가고, 나와 같이 감원 감영에 잡혀가서 죽을 작정하는 사람만 나서서 몽둥이 하나씩 가지고 장차들을 막 패 죽여라."

그 소리 뚝 떨어지며 동네 백성들이 몽둥이는 들었든지 아니 들었든지 아우성 소리를 지르며 장차에게로 달려드는데, 장차의 목숨은 뭇 발길에 떨어질 모양이라.

사랑방에 앉았던 최병도는 발바닥으로 뛰어 내려오고, 안중문 안에서 중문을 지치고 서서 내다보던 본평 부인은 내외가 다 무엇인지 불고염치하고 뛰어나와서 장차들을 가리고 서고, 최씨는 동네 백성을 호령하여 나가라 하나, 호령은 한 사람 목소리요, 아우성 소리는 여러 사람의 목소리라. 앞에 선 백성은 멈추고 있으나, 뒤에서는 물밀 듯 밀고 들어오는데 장차들은 어찌 위급하던지 본평 부인의 뒤에 가 서서 벌벌 떨며 살려 달라 소리만 한다. 최병도가 동네 백성이 손에 들고 있는 지게 작대기를 쑥 뺏어 들고 백성을 후려 때리려는 시늉을 하나 백성들이 피할 생각은 아니하고 섰으니, 그때 마루 위에 섰던 김 씨가 동네 백성들을 내려다보며,

"이애, 그리하여서는 못쓰겠다. 장차들을 이 댁 사랑 마당에

서 때려죽일 것이 아니라, 내 집 사랑 마당으로 잡아다가 죽이든지 살리든지 하자."

마당에 섰던 백성들이 일변 대답을 하며 그 대답 소리에 이어서 소리를 지른다.

"저놈들을 잡아 가지고 김 진사 댁 마당으로 가자!"

하더니 장차를 붙들러 우 달려드니, 장차가 최 본평 집 안 중문으로 뛰어 들어가는데, 본평 부인이 뒤따라 들어가며 중문을 닫아건다. 최 씨가 사랑마루 위로 올라가며 김 씨의 손목을 턱 붙들고 웃으면서,

"여보게 치일이, 자네 무슨 해거를 이렇게 하나? 동네 백성들을 내보내고 방으로 들어가세."

하더니 최 씨가 일변 동네 사람들더러 다 나가라고 다시 천쇠를 불러서 사립문을 안으로 걸라 하고, 장차들은 행랑방에 들여 앉히라 하고 최 씨는 김 씨와 같이 사랑방으로 들어가는데, 장차들은 목숨 산 것만 다행히 여겨서 최 씨가 하라는 대로만 하는 터이라. 천쇠를 따라 행랑방으로 나가 앉아서, 감히 사립문 밖으로 나갈 생의를 못 하고 천쇠에게 첨을 하느라고 죽을 애를 쓴다. 그때 김 씨는 최 씨의 사랑방에 앉아서 단둘이 공론이 부산하다.

"여보게 주삼이, 자네나 나나 여기 있다가는 며칠이 못 되어

큰일이 날 터이니 우리들이 서울이나 가서 있다가 이 감사 갈린 후에 내려오세."

"자네는 이번에 일을 장만한 사람이니 불가불 좀 피하여야 쓰려니와, 나는 어디 갈 생각은 조금도 없으니 자네만 어디로 피하게."

"자네가 아니 피하는 까닭이 무엇인가?"

"응, 자네는 이번에 이 일을 석 삭 동안만 피하면 그만이라, 자네같이 논 한 마지기 없이 가난으로 패호(牌號)한 사람을 감영에서 무엇을 얻어먹겠다고 두고두고 찾겠나? 나는 돈냥이나 있다고 이름 듣는 사람이라, 이 감사가 갈려 가더라도 또 감사가 내려오고, 내가 타도에 가서 살더라도 그 도에도 감사가 있는 터이라, 돈푼이나 있는 백성은 죄가 있든지 없든지 다 망하는 이 세상에 내가 가면 어디로 가며, 피하면 어느 때까지 피하겠나, 응? 뺏으면 뺏기고, 죽이면 죽고, 당하는 대로 앉아 당하지. 말이 났으니 말이지, 백성이 이렇게 살 수 없이 된 나라가 아니 망할 수 있나, 응? 말을 하자 하면 하루 이틀, 한 달 두 달에 다 못 할 일이라. 그 말은 그만두고 우리들의 일 조처할 말이나 하세. 자네는 돈 한 푼 변통하기 어려운 사람인데, 이번에 망나니 같은 감사에게 미움 받을 짓을 하고 여기 있을 수야 있나? 그러나 어디로 가든지 돈 한 푼 없이 어찌 나서겠나? 내가 표 하나

를 써서 줄 터이니 내 마름을 불러서 이 돈을 찾아 가지고 어디
든지 잘 가 있게. 나는 이 길로 장차를 따라서 영문으로 잡혀갈
터일세."

하면서 엽전 천 냥 표를 써서 김 씨를 주고 벌떡 일어나며,

"응, 친구도 작별하려니와 우리 마누라도 좀 작별하여야겠
네."

하더니 안으로 들어가는데, 김 씨는 앞에 놓인 돈표를 거들떠보
지도 아니하고 고개를 푹 수그리고 한참 동안을 앉았다가 고개
를 번쩍 들며,

"응, 그럴 일이야. 주삼이 떠나는 꼴은 보아 무엇하게?"

하더니 돈표를 집어서 부시쌈지 속에 넣고 안으로 향하여 소리
한마디를 꽥 지른다.

"여보게 주삼이, 나는 먼저 가네. 죽는 놈은 죽거니와 사는 놈
은 살아야 하느니, 세상이 망할 듯하거든 흥할 도리를 하는 사
람이 있어야 쓰는 법이라. 다 각각 제 생각 도는 대로 하여 보
세."

하면서 나가는데, 최 씨는 안에서 목소리를 크게 해 외마디 대
답이라.

"어, 알아들었네. 잘 가게그려!"

하는 말은 최 씨와 김 씨 두 사람만 서로 알아들을 뿐이라. 김 씨

는 어디든지 멀리 달아날 작정이요, 최 씨는 감영으로 잡혀갈 마음으로 그 부인을 작별하는데, 부인이 울며,

"여보 옥순 아버지, 무슨 죄가 있어서 원주 감영에서 잡으러 내려왔소?"

"응, 죄는 많이 지었지."

부인이 깜짝 놀라면서,

"여보, 그것이 무슨 말씀이오? 무슨 죄를 그렇게 많이 지으셨단 말이오? 열 길 물속은 알아도 한 길 사람의 속은 모른다더니 나는 내외간이라도 그러실 줄은 몰랐소그려. 삼순구식을 못 얻어먹는 사람이라도 제 마음만 옳게 가지고 그른 일만 아니하고 있으면, 어느 때든지 한때가 있을 것이오. 만일 그른 마음을 먹고 남에게 적악을 하든지 나라에 죄 될 일을 할 지경이면 하늘이 미워하고 조물이 시기하여, 필경 그 죄를 받을 것이니 사람이 죄를 짓고 죄받는 것을 어찌 한탄한단 말이오? 마시오, 마시오. 무슨 죄를 짓고 저 지경을 당하시오?"

"응, 죄를 나 혼자 지었다구? 두 내외 같이 지었지."

"여보, 남의 애매한 말은 마시오. 나는 철난 후로 죄 될 일은 한 것 없소. 손톱 발톱이 닳도록 벌어 놓은 재물을 아껴 먹고 아껴 쓰면서, 배고픈 사람을 보면 내 배를 덜 채우고 한술 밥이라도 먹여 보내고 동지섣달에 살을 가리지 못하고 얼어 죽게 된

사람을 보면 내가 입던 옷 한 가지라도 입혀 보내고 손톱만치도 사람을 속여 본 일도 없고 털끝만치도 남을 해치려는 마음을 먹은 일이 없소. 없소, 없소. 죄 될 일은 아무것도 한 것 없소. 여보시오, 여편네라고 업신여기지 마시고 내 말 좀 들어보시오. 죄될 일을 하실 때에 하느님 버력도 무섭지 아니하고 귀신의 앙화도 겁나지 아니하더라도 처자가 부끄러워서 죄 될 일을 어찌하셨단 말이오? 영문에서까지 알고 잡으러 온 터인데 나 하나만 기이면 무엇하오?"

"응, 마누라는 죄를 지어도 알뜰하게 잘 지었지. 우리 죄는 두가지 죄이라, 한 가지는 재물 모은 죄요, 한 가지는 세력 없는죄."

"여보, 그것이 무슨 죄란 말이오?"

"응, 우리나라에서는 녹피에 가로 왈 자같이 법을 써서 죽이고 싶은 사람이 있으면 없는 죄를 만들어 뒤집어씌우고, 살리고 싶은 사람이 있으면 있는 죄도 벗겨 주는 세상이라. 이러한 세상에 재물을 가진 백성이 있으면, 그 백성을 다스리는 관원이 그 재물을 뺏어 먹으려고 없는 죄를 만들어서 남을 망해 놓고 재물을 뺏어 먹는 세상이니 그런 줄이나 알고 지내오. 그러나 마누라가 지금 태중이라지? 언제가 산월이오?"

"……."

"아들이나 낳거든 공부나 잘 시켜야 할 터인데……."

"여보, 그런 말씀은 지금 할 말이 아니오. 몇 달 후에 낳을 어린아이의 말과 몇 해 후에 그 아이 공부시킬 일을 왜 지금 말씀하신단 말이오? 옥순 아버지가 영문에 잡혀가시더라도 죄 없는 사람이라, 가시는 길로 놓여나오실 터이니 왕환하는 동안이 불과 며칠이 되겠소? 집의 일은 걱정 마시고 부디 몸조심하여 속히 다녀오시오."

"응, 그도 그러하지. 그러나 내가 객기가 많고 이상한 사람이야. 요새 세상에 돈만 많이 쓰면 쉽게 놓여나오는 줄은 알지마는 나라를 망하려고 기를 버럭버럭 쓰는 놈의 턱밑에 돈표를 써서 들이밀고 살려 달라, 놓아 달라, 그따위 청을 하고 싶은 마음은 없는걸. 죽이거나 살리거나 제 할 대로 하라지."

"여보시오, 그것이 무슨 말씀이오? 쉽게 놓여나올 도리만 있으면 영문에 잡혀가던 그날 그 시로 놓일 도리를 하실 일이지, 딴 생각을 하실 까닭이 있소? 재물이 다 무엇이란 말이오? 우리 재물을 있는 대로 다 떨어 주더라도 무사히 놓여나올 도리만 하시오. 여보, 재물은 없더라도 부지런히 벌기만 하면 굶어죽지는 아니할 터이니 재물을 아끼지 말고 몸조심만 잘 하시오. 만일 우리 세간을 다 떨릴 지경이어든 사랑에서는 기직도 매고 짚신도 삼으시고, 나는 베도 짜고 방아품도 팔면 호구하기는 염려

없을 터이니, 먹고살 걱정을 마시고 영문에서 횡액만 아니 당할 도리만 하시오."

"허허허, 좋은 말이로구. 마누라는 마음을 그렇게 먹어야 쓰지. 내 마음은 어떻게 들어가든지 되어가는 대로 두고 봅시다. 자 두말 말고 잘 지내오, 나는 원주 감영으로 가오."

하면서 벌떡 일어나서 나가더니 영문 장차들을 불러서 당장에 길을 떠나자 하니 장차들은 혼이 떴던 끝이라, 최 씨 덕에 살아난 듯하여 별안간에 소인을 개올리며 말을 한다.

"소인들은 이번에 서방님 덕택에 살았습니다. 소인 등이 서방님을 못 잡아가고 소인 등이 영문 사또 장하에 죽는 수가 있더라도 소인들만 들어갈 터이오니 이 동네에서 무사히 잘 나가도록만 하여 주십시오."

"너희 말도 괴이치 아니한 말이다마는 그렇게 못 될 일이 있다. 너희들이 나를 잡아가지 아니할 지경이면 너희들이 발뺌을 하느라고 경금 동네 백성들이 소요 부리던 말을 다 할 터이니 너희 영문 사또께서 그 말을 들으시면 경금 동네는 뿌리가 빠질 터이라. 차라리 나 한 몸이 잡혀가서 죽든지 살든지 당할 대로 당하고 동네 백성들이나 부지하게 하는 일이 옳은 일이라. 너희들이 나를 고맙게 여길진대 이 동네 백성들을 부지하게 하여다고. 또 실상으로 말할진대 경금 동네 백성들이야 무슨 죄가 있느냐? 김 진사 댁 서방님이 시키신 일인데, 그 양반은 벌써 어디로 도망하였을는지 이 동네에 있을 리가 만무한 터이라. 죄지은 사람은 어디로 도망하였는데 무죄한 여러 사람에게 그 죄가 미쳐서야 쓰느냐? 그러나 관속이라는 것은 믿을 수 없는 것이라. 너희들이 이 동네 있을 때는 좋은 말로 내 앞에서 대답을 하였더라도 영문에 들어가면 필경 만만한 경금 동네 백성들을 결딴내려 들 줄을 내가 짐작한다. 만일 너희들이 내 말대로 아니할 지경이면 나는 너희들이 내 집에 와서 작폐하던 말을 낱낱이 하고, 내가 너희들에게 차사례 뺏기던 일도 낱낱이 하여 너희들을 순사도 눈 밖에 나도록 말할 터이니 너희들은 너희 몸의 이해를 생각하여 나 하나만 잡아가고 경금 동네 백성들에게는 일 없도록만 하여다고. 그러나 너희들이 하룻밤이라도 이 동네 있는 것이 부질없는 일이니, 날이 저물었더라도 지금으로 떠나가자."

하더니 장차는 앞에 서고 최 씨는 뒤에 서서 사랑 마당으로 나가는데 안 중문간에서 부인과 옥순의 울음소리가 난다. 부인이 한 점 동안을 정신없이 울다가 옥순을 데리고 사립문 밖으로 나가더니, 남편이 간 곳을 우두커니 바라보고 섰는데 남편은 간곳없고 대관령만 높았더라.

원주 감영에 동요가 생겼는데, 그 동요가 너무 괴악한 고로, 아이들이 그 노래를 할 때마다 나이 많은 사람이 꾸짖어서 그런 노래를 못 하게 하나 철모르는 아이들이 종종 그 노래를 한다.

내려왔네, 내려왔네, 불가사리가 내려왔네.
무엇하러 내려왔나, 쇠 잡아먹으러 내려왔네.

그런 노래하는 아이들은 무슨 의미인지 모르고 하는 노래이나, 듣는 사람들은 불가사리라 하는 것이 감사를 지목한 말이라한다.

그것은 무슨 곡절인고? 거짓말일지라도 옛날에 불가사리라하는 물건 하나가 생겨나더니 어디든지 뛰어다니면서 쇠란 쇠는 다 집어먹은 일이 있었다 하는데, 감사가 내려와서 강원도돈을 싹싹 핥아먹으려 드는 고로 그 동요가 생겼다 하는지라.이때 동요는 고사하고 진남문 밖에 익명서가 한 달에 몇 번씩걸려도 감사는 모르는 체하고 저 할 일만 한다.

그 하는 일은 무슨 일인고? 긁어서 바치는 일이라. 긁기는 무엇을 긁으며 바치기는 어디로 바치는고? 강원 일도에 먹고사는 재물을 뺏어다가 서울 있는 상전들에게 바치는 일이라. 상전이라 하면 강원 감사가 남의 집에 문서 있는 종이 아니라 무서워하기를 상전같이 알고 믿기를 상전같이 믿고 섬기기를 상전같이 섬기는데 그 상전에게 등을 대고 만만한 사람을 죽여 내는 판이라.

대체 그런 상전 섬기기는 어렵고도 쉬운 터이라. 어려운 것은 무엇인고? 만일 백성을 위하여 청백리 노릇만 하고 상전에게 바치는 것이 없을 지경이면 가지고 있는 인꼭지를 며칠 쥐어 보지도 못하고 떨어지는 터이요, 또 전정(前程, 앞길)이 막혀서 다시 벼슬이라고 얻어 볼 수가 없는 터이라. 그런고로 그 상전 섬기기가 어렵다 하는 것이라.

쉬운 것은 무엇인고? 우물고누 첫수로 백성의 피를 긁어 바치기만 잘하면 그만이라. 이때 강원 감사가 그 일을 썩 쉽게 잘하는 사람인데 또 믿을 만한 상전도 많은지라. 많은 상전을 누구누구라고 열명(列名)을 할진대 종문서같이 상전 문서장이나 있어야 그 상전을 다 기억할지라. 세도재상도 상전이요, 별입시(別入侍)도 상전이요, 긴한 내시도 상전이요, 그 외에도 상전 낱이나 있는데, 그중에 믿을 만한 상전 하나가 있다.

상전 부모라 하니 '어머니 어머니' 불렀으면 좋으련마는 원수의 나이가 어머니라기는 남이 부끄러울 만한 터인 고로, '누님 누님' 하는 여상전(女上典)이라. 그 상전의 힘으로 감사도 얻어하고 그 상전의 힘을 믿고 백성의 돈을 불한당질하는데, 그 불한당 밑에 졸개 도적은 졸남생이 따르듯 하였더라.

강원 감영 아전은 본래 사람의 별명을 잘 짓기로 유명한 사람들이라. 감사 식구의 별명을 지은 것이 있는데 썩 골고루 잘 모인 모양이라.

순사도는 쇠귀신
호방 비장은 구렁이
예방 비장은 노랑 수건
병방 비장은 소경 불한당
공방 비장은 초라니
회계 비장은 갈강쇠
별실 마마는 계집 망나니
수청 기생은 불여우

별명은 다 다르나 심정은 똑같은 위인이라. 무슨 심정이 같으냐 할 지경이면 괴수나 졸개나 불한당질할 마음은 일반이라. 대체 잔치하는 집에 떡 부스러기, 국수 갈고랑이, 실과 낱 헤어지듯이, 감사가 돈 먹는 서슬에 여간청 거간이나 한두 번 얻어 하면 큰 돈 머리는 감사가 다 집어먹고 거간꾼은 중비만 얻어먹더라도 수가 문척문척 난 사람이 몇인지 모르는 판이라. 감사도 눈이 벌겋고 조방꾸니도 눈이 벌게 날뛰는데, 강원도 백성들은 세간이 뿌리가 쑥쑥 빠질 지경이라. 강원 감영 선화당 마당에는 형장 소리가 끊어지지 아니하고 선화당 위에는 풍류 소리가 끊어질 때가 없다. 꽃 같은 기생들이 꾀꼬리 같은 목청으로 약산 동대 야지러진 바위를 부르면서 옥 같은 손으로 술잔을 드리는데, 수염이 희끗희끗한 늙은이가 웬 계집을 그렇게 좋아하던지 침을 께에 흘리며 기생의 얼굴만 쳐다보며, 술잔을 받아먹는 감사의 얼굴도 구경 삼아 한 번 쳐다볼 만하다.

거문고는 두덩실, 양금은 중지당, 피리는 닐리리, 장구는 꿍하는데, 꽃밭에 흩날리는 나비같이 너울 너푼 너울 너푼 춤추는 것은 장번 수청 기생 계화라. 때때로 여러 기생이 지화자 부르는 소리는 꾀꼬리 세계에 야단이 난 것 같다.

감사는 놀이에 흥이 날 대로 나고, 기생에게 정신이 빠질 대로 빠지고, 그중에 술이 얼근하여 산동에서 대란이 일어났더라도 심상한 판이라. 산동은 남의 나라 땅이어니와 우리나라 영동에서 대란이 일어났더라도 심상하여 그 놀음놀이만 하고 있을 터이라. 그런 때는 영문에 무슨 일이 있든지 아전들이 그 일을 감사에게 거래를 아니하고 그 놀이 끝나기를 기다리든지 그 이튿날 조사(朝仕) 끝에 품하든지 하지마는, 만일 감사에게 제일 긴한 일이 있으면 불류시각(不留時刻)하고 품하는 터이라.

목청 좋은 급창이 섬돌 위에 올라서서 웅장한 소리를 쌍으로 어울려서,

"강릉 출사 갔던 장차 현신 아뢰오."

하는 소리에 감사의 귀가 번쩍 띄어서 내다본다. 풍류 소리가 별안간에 뚝 그치고 급창의 청령 소리가 연하여 높았더라.

"형방 영리를 불러라. 강릉 경금 사는 최병도를 잡아들여라. 빨리 거행하여라."

영이 뚝 떨어지며 사령들은 일변 긴대답을 하며 풍우같이 몰려 들어오고, 최병도는 난전 몰려 들어오듯 잡혀 들어오는데, 영문이 발끈 뒤집힌다. 죄는 있고 없고 간에 최병도의 간은 콩만 하게 졸아지고 감사의 간 잎은 자라 몸뚱이같이 널브러진다. 콩만 하게 졸아드는 간은 겁이 나서 그러하거니와, 자라 몸뚱이같이 널브러지는 간은 무슨 곡절인고? 흥이 날 대로 나서 조개 입술 내밀 듯이 너울거리고 있다.

감사의 마음은 범이 노루나 사슴이나 잡아 놓은 듯이 한밥 잘 먹겠다 싶은 생각에 흥이 나고, 최병도의 마음은 우렁이 황새나 왜가리를 만나서 이제는 저놈에게 찍히겠다 싶은 생각에 겁이 잔뜩 난다.

사령 좋은 형방 영리는 감사의 말을 받아서 내리는데 최병도의 죄목이라.

"여보아라, 최병도, 분부 들거라. 너는 소위 대민 명색으로 부모에게 불효하고 형제에게 불목하니 천지간에 용납지 못할 죄라, 풍화소관(風化所關)에 법을 알리겠다."

하는 선고이라, 좌우에 늘어선 사령들은 분부 듣거라 소리를 영문이 떠나가도록 지르는데, 여간 당돌한 사람이 아니면 정신을 차릴 수 없는지라. 최병도가 그 말을 듣고 기가 막혀서 땅을 두드리며 대답을 하는데 본래 글을 잘하는 사람이라, 즉 말을 내뱉을 때마다 문자요, 문자마다 새겨서 말을 한다.

"옛말에 하였으되, 아버지가 나를 낳으시고, 어머니가 나를 기르셨으니, 은혜를 갚고자 할진대, 호천망극이라 하였으니, 부모의 은혜를 갚지 못한 사람은 천지간 죄인이라. 그러한즉 생은 부모의 은혜를 갚지 못하였으니 그런 죄가 어디 있겠습니까? 생의 모친이 초산에 생을 낳고 해산 후더침으로 생의 삼칠일 안에 죽었는데, 생의 부친이 생을 기르느라고 앞뒷집으로 안고 다니며 젖을 얻어먹이다가 생이 자라나는 것을 못 보고 생의 돌 전에 죽고, 생은 이모의 손에 길렸사온즉, 생이 장성한 후에 생의 손으로 죽 한 모금 밥 한 술을 부모께 봉양치 못하였으니 그런 불효가 천지간에 또 어디 있겠습니까? 다섯 가지 형법에 죄가 불효보다 더 큰 것이 없다 하였으니 생이 부모의 은혜를 갚지 못한 그런 큰 죄를 어찌 면코자 하겠습니까? 또 옛말에 형제가 화합하여야 화락하고 맑다 하였는데, 생은 본래 삼대독자로, 자매도 없는 사람이라 단독일신이 혈혈고고하여 평생에 우애라고는 모르고 지냈으니 그런 부제가 또 어디 있겠습니까? 생이 효도 못 하여 보고 우애도 못 하여 보았으니 불효, 부제의 죄목이 생에게 원통치는 아니하나 그런 죄는 생이 짐짓 지은 것이 아니요, 하늘이 지어 주신 죄이오니 순사도께서 생의 죄를 어떻게 다스리시고 법을 어떻게 알리시려는지 모르거니와 죄가 있는지 없는지 의심나는 것은 오직 가벼웁게 다스린다는 말이 있사오니 순사도께서는 밝은 법으로 다스려 주시기를 바랍니다."

그렇게 하는 말이 폭포수 떨어지듯 쉴 새 없이 나오는데 듣고 보는 사람들이,

"최병도가 죄 없는 사람이라."

"애매히 잡혀 온 사람이라."

"그 정경이 참 불쌍한 사람이라."

하며 수군거리는 소리는 사람마다 있는 측은한 마음에서 나오는 말이라. 그러나 그중에 측은한 마음이 조금도 없는 사람은 감사 하나뿐이라. 부끄러운 생각이 있던지 얼굴이 벌게지며 두볼이 축 처지도록 율기(律己)를 잔뜩 뽑고 앉아서 불호령을 하는데, 최병도의 죄목은 새 제목이라.

무슨 죄가 삽시간에 생겼는고? 최 씨는 순리로 말을 하였으나 감사는 그 말을 듣고 관정발악(官庭發惡)한다 하면서, 형틀을 들여라, 별형장을 들여라, 집장 사령을 골라 세라 하는 영이

떨어지며, 물 끓듯 하는 사령들이 이리 몰려가고 저리 몰려가고 갈팡질팡하더니, 일반 형틀을 들여놓으며 일변 산장을 끼었더니, 최병도를 형틀 위에 동그랗게 올려 매고 형문을 친다. 형방 영리는 목청을 돋워서 첫 매부터 피를 묻혀 올리라 하는 영을 전하는데 형문 맞는 사람은 고사하고 집장 사령이 죽을 지경이라. 사령은 젖 먹던 힘을 다 들여 치건마는 감사는 헐장한다고 벼락령이 내린다. 집장 사령의 죽지를 떼어라, 오금을 끊어라 하는 서슬에 집장 사령이 매질을 어떻게 몹시 하였던지 형문 한 치에 최병도가 정신이 있을락 없을락 할 지경인데, 그러한 최병도를 큰칼을 씌워서 옥중에 내려 가두니 그 옥은 사람을 하나씩 가두는 별옥이라. 별옥이라 하면 최 씨를 대접하여 특별히 편히 있을 곳에 가둔 것이 아니라 부자를 잡아 오면 가두는 곳이 따로 있는 터이라.

무슨 까닭으로 별옥을 지었으며 무슨 까닭으로 부자를 잡아 오면 따로 가두는고? 대체 그 감사가 백성의 돈 뺏어 먹는 일에는 썩 솜씨 있는 사람이라. 별옥이 몇 간이나 되는 옥인지 부민을 잡아 오면 한 간에 사람 하나씩 따로따로 가두고 뒤로 사람을 보내서 으르고 달래고 꾀이고 별 농락을 다하여 돈을 우려낼 대로 우려내는 터이라.

최병도가 그런 옥중에 여러 달 동안을 갇혀 있는데 장처가 아물 만하면 잡혀 들어가서 형문 한 치씩 맞고 갇히나, 그러나 최씨는 종시 감사에게 돈을 바치고 놓여 나갈 생각이 없고 밤낮으로 장독이 나서 앓는 소리와 감사가 미워서 이 가는 소리뿐이라. 옥중에서 그렇게 세월을 보내는데 엄동설한에 잡혀갔던 사람이 그 이듬해가 되었더라.

하지 머리에 비가 뚝뚝 떨어지며 시골 농가에서는 눈코 뜰 새 없이 바쁜 터이라. 밀 보리 타작을 못다 하고 모심기가 시작되었는데, 강릉 대관령 밑 경금 동네 앞 논에서 농부가가 높았더라. 보리곱삶이 댓 되 밥을 먹은 후에 곁두리로 보리 탁주를 사발로 퍼먹은 농부들이 북통 같은 배를 질질 끌고 기역 자로 꾸부리고 서서 왼손에 모춤을 들고 오른손으로 모포기를 찢어 심으며 뒷걸음을 슬슬 하여 나가는데 힘들고 괴로운 줄은 조금도 모르고 흥이 나서 소리를 한다. 그 소리는 선소리꾼이 당장 지어 하는 소리인데 워낙 입심이 좋은 사람이라, 서슴지 아니하고 소리를 먹이는데 썩 듣기 좋게 잘하는 소리러라.

서 마지기 방석 밤이 산골 논으로는 제법 크다,
여허 여허 어여라 상사디야.
한 일 자로 늘어서서 입 구 자로 심어 가세
여허 여허 어여라 상사디야.

불볕을 등에 지고 진흙물에 들어서서

이 농사를 지어서 누구하고 먹자 하노?

여허 여허 어여라 상사디야.

늙은 부모 봉양하고 젊은 아이 배 채우고

어린 자식 길러내서 우리도 늙게 뉘움 보세.

여허 여허 어여라 상사디야.

하느님이 사람 내고 땅님이 먹을 것 내서

우리 생명 보호하니 부모 같은 덕택이라.

여허 여허 어여라 상사디야.

신농씨(神農氏) 교육받아 논밭 풀어 농사하고

수인씨(燧人氏) 법을 받아 화식한 이후에

사람 생애 넉넉하여 퍼지느니 인종일세.

여허 여허 어여라 상사디야.

쟁반 같은 논배미에 지뺨 한 뺨 물을 싣고

어레미 같은 써렛발로 목침 같은 흙덩이를 팥고물같이 풀어 놓았네.

여허 여허 어여라 상사디야.

흙 한 덩이에 손이 가고 벼 한 포기에 공이 드니

이 공덕을 생각하면 쌀 한 톨을 누구를 주며

밥 한 술을 누구를 줄까?

여허 여허 어여라 상사디야.

바특바특 들어서서 춤춤히 잘 심어라.

이 논이 토박하고 논임자는 가난하여

봄 양식이 떨어지고 굶기에 골몰하여

대관령 흔한 풀에 거름조차 못 하였다.

여허 여허 어여라 상사디야.

우리 동네 박 첨지, 올해 농사 또 잘되겠네.

한 섬지기 농사, 사흘같이 밭농사에 백 짐 풀을 베어 넣고

그것도 부족하여 쇠두엄을 덮었다네.

여허 여허 어여라 상사디야.

염려되네 염려되네 박 첨지 집이 염려되네.

지붕 처마 두둑하고 볏섬이나 쌓였다고 앞뒤 동네 소문났네,

관가 영문 들어가면 없는 죄에 걸려 톡톡 털고 거지 되리.

여허 여허 어여라 상사디야.

우리 동네 최 서방님 굳기는 하지마는 그른 일은 없더니라,

벼 천이나 하는 죄로 영문에 잡혀가서 형문 맞고 큰칼 쓰고

옥중에 갇혀 있어 반년을 못 나오네.

여허 여허 어여라 상사디야.

삼대독자 최 서방님 조실부모하였으니

불효, 부제 죄목 듣기 그 아니 원통한가?

순사도 그 양반이 정 씨 성을 가지고
돈 소리에만 귀가 길고, 원망 소리에는 귀먹었는데,
여허 여허 어여라 상사디야.
우리 동무 내 말 듣게.
이 농사를 지어서 먹고 입고 남거든 돈 모을 생각 말고
술 먹고 노름하고 놀대로 놀아 보세.
마구 뺏는 이 세상에 부자 되면 경치느니.
여허 여허 어여라 상사디야.

한참 그렇게 흥이 나서 소리를 하다가 저녁곁두리 술 한 참을
또 먹는데, 술동이 앞에 삥 돌아앉아서 양대로 막 퍼먹고 모심
기를 시작한다. 그때는 선소리꾼이 자진가락으로 소리를 먹이
는데 얼근한 김에 흥이 한층 더 나서 되고 말고 한 소리를 함부
로 주워대는데, 나중에는 최병도의 노래뿐이라.

일락서산 해 떨어진다, 모춤을 들어라, 모포기를 찢어라.
얼른얼른 재우쳐서 저 논 한 배미 더 심어 보자.
여허 여허 어여라 상사디야.
저기 선 저 아주머니 치마 뒤에 흙 묻었소.
동그마니 치켜 걷고 다부지게 심어 보오.

먹고사는 생애 일에 넓적다리 남 보이기로 무엇이 그리 부끄럽소.

여허 여허 어여라 상사디야.

고수머리 저 총각 음침하기는 다시없네.

낮전부터 보아도 개똥 어머니 뒤만 따른다.

개똥 아버지가 살았던들 날라리 뼈 분질러 통솟대를 팠을라.

여허 여허 어여라 상사디야.

최풍헌 집 머슴 녀석 이리 와서 내 말 좀 들어라.

물갈이논에 건갈이 하기, 찬물받이에 못자리하기, 물방아 찧다가 낮잠 자기,

보릿단 훔쳐다가 술 사 먹기, 제반악증은 다 가진 놈이 최풍헌이 잔소리하고,

주인마누라 죽 자주 쏟다고 무슨 염치에 흉을 보아.

여허 여허 어여라 상사디야.

모춤 나르는 강 생원 얼굴 좀 들어서 나를 쳐다보오.

그따위로 행세를 하다가, 체뿔관 쓰고 몽둥이 맞으리.

코홀쩍이 술장사년 무엇이 탐나서 미쳤소.

밀 한 섬 팔아서 치마 해 주고, 아씨 강샘을 만나서 노랑 수염을 다 뽑히고

도쿄 강 생원이 되었네.

여허 여허 어여라 상사디야.

이 논임자 배춘보, 인심 좋기는 다시없네.

저 먹을 것은 없어도 일꾼 대접은 썩 잘하네.

보리 탁주 곁두리 실컷 먹고 또 남았네.

배춘보야, 들어보아라, 네가 참 잘 알아챘다.

다 막 먹고 막 써서 부모 세덕 다 없애고

가난뱅이 되었으니 네 신상에는 편하니라.

벼 백이나 하던 재물 지금까지 지녔던들 걸렸을라 걸렸을라.

영문 고밀개에 걸렸을라.

강원 감사 정등내(政等內) 곰배 정 자는 아니지마는

고밀개는 가지고 왔네.

앞으로 끌고 뒤로 끌고, 이리 끌고 저리 끌고.

자나 굵으나 굵으나 자나, 득득 긁어 들이는 판에,

너조차 걸려들어 사령에게 고랑 맛, 사또 앞에 태장 맛,

이 세상에 따가운 맛 볼 대로 다 본 후에

네 재물 있는 대로 툭툭 떨어 다 바치고 거지 되어 나왔을라.

여허 여허 어여라 상사디야.

못 불러라 못 불러라, 불쌍하여 못 불러라.

우리 동네 최 서방님, 불쌍하여 못 불러라.

옥 부비(浮費) 보낼 때에 내가 갔다 어제 왔다.

옥사장에게 인정 쓰고 겨우 들어가 보았다.

여허 여허 어여라 상사디야.

거적자리 북데기는 개국 원년에 간 것인지

더럽기도 하려니와 밑에서는 썩어나데,

사람 자는 아랫목은 보리알 같은 이 천지요,

똥 누는 윗목에는 꽁지벌레 천지라.

설설 기어 다니다가 사람에게로 기어 오데,

여허 여허 어여라 상사디야.

그 속에서 잠자고 그 속에서 밥 먹는 최 서방님을 볼진대

눈물나서 못 보겠데,

우리 눈이 무디지마는 오지랖이 다 젖었다.

여허 여허 어여라 상사디야.

누렇게 뜬 얼굴 눈두덩이 수북한데

살이 찐 줄 알았더니 부기가 나서 그러하데,

여허 여허 어여라 상사디야.

빗지 못한 헙수머리 갈깃머리가 되어서 눈을 덮고 귀를 덮어,

귀신같이 된 모양 꿈에 볼까 겁나데,

여허 여허 어여라 상사디야.

형문 맞은 앞정강이 살이 푹푹 썩어나고 하얀 뼈가 드러나서

못 볼러라 못 볼러라, 소름 끼쳐 못 볼러라,

여허 여허 어여라 상사디야.

독하더라 독하더라, 순사도가 독하더라,

아비 쳐 죽인 원수라도 그렇게는 못할네,

목을 베면 베었지, 사람을 어디 썩혀 죽이나,

여허 여허 어여라 상사디야.

글 잘하는 양반이 말을 하여도 남과 다르데,

최 서방님이 나를 보고 순사도를 욕을 하는데,

나라 망할 놈이라고 이를 북북 갈고 피를 벅벅 토하면서,

우리나라 백성들이 불쌍하다고 말을 하니,

그 매를 그렇게 맞고 그 고생을 그리 하면서

내 몸 생각은 조금도 없고 나라 망할 근심이데,

여허 여허 어여라 상사디야.

못 살러라, 최 서방님 못 살러라, 장독 나서 못 살러라.

먹지 못해 못 살러라, 최 서방님 살거들랑 내 손톱 장 지져라.

여허 여허 어여라 상사디야.

최 본평 댁 아씨께는 이런 말도 못했다.

남이 들어도 눈물을 내니

그 아씨가 들으시면 오죽 대단하시겠나.

여허 여허 어여라 상사디야.

그 서방님이 돌아가면 그 댁 일도 말 못되네.

아들 없고 딸뿐인데 과부 아씨가 불쌍하다.

여허 여허 어여라 상사디야.

최 서방님 죽었다고, 통부 오는 그날로 동네 백성 우리들이

송장 찾으러 여럿이 가서 기구 있게 메고 오세.

여허 여허 어여라 상사디야.

장사를 지낼 때도 우리들이 상여꾼 되어

소방상 대틀에 기구 있게 메고 가며

상두 소리나 잘해 보세.

여허 여허 어여라 상사디야.

무덤 지을 때도 우리들이 달굿대 들고 달구질이나 잘해 보세.

여허 여허 어여라 상사디야.

죄 없는 최 서방님, 원주 감영 옥중에서 죽은 넋두리는

입담 좋고 넉살 좋은 김헐렁이 내가 하마.

여허 여허 어여라 상사디야.

그 농부가 소리가 최병도 집 안방에서 낱낱이 들리는 터이라.
해는 뚝 떨어져서 땅거미가 되고 저녁연기는 슬슬 풀려서 대관
령 산 밑에 한일자로 비꼈는데 농부가는 뚝 그치고, 최병도의 집
안마당에 울음소리가 쌍으로 일어난다. 하나는 최병도 부인의
울음소리요, 또 하나는 그 딸 옥순이 어머니를 따라 우는 소리

라. 최병도의 부인이 목을 놓아 울며 원통한 사정을 말한다.

"이애 옥순아, 저 농부의 노랫소리를 너도 알아들었느냐? 너희 아버지께서 원주 감영 옥중에서 돌아가시게 되었다는구나. 너의 아버지께서 일평생에 그른 일 하시는 것은 내 눈으로는 못 보고, 내 귀로는 못 들었다. 무슨 죄가 있다고 강원 감사가 잡아다가 땅땅 때려죽인단 말이냐? 에그, 이를 어찌한단 말이냐? 너의 아버지께서 귀신 모르는 죽음을 하신단 말이냐? 감사도 사람이지 남의 돈을 뺏어 먹으려고 무죄한 사람을 잡아다가, 돈이 나오도록 제반 악형을 모두 하고 옥중에 가두었다가 돈을 아니 준다고 필경 목숨까지 없애 버린단 말이냐? 이애 옥순아 옥순아, 너의 아버지께서 병이 들어 돌아가시더라도 청춘과부 되는 내 평생에 설움이 한량없을 터인데, 생때같이 성한 너의 아버지가 남의 손에 몹시 돌아가시면 내 평생에 한 되는 마음이 어떠하겠느냐? 옥순아 옥순아, 너의 아버지가 참 돌아가시면 나는 너의 아버지를 따라 죽겠다."

하며 기가 막혀 우는데, 옥순이 그 말을 듣더니 그 어머니 무릎 위에 올라앉아서 어머니를 얼싸안고 울며,

"어머니 어머니, 어머니가 죽으면 나 혼자 어찌 사나? 어머니가 죽으려거든 나 먼저 죽여 주오."

하며 모녀가 마주 붙들고 우는 소리에 그 동네 사람들은 그 울

음소리를 듣더니, 최병도가 죽었다는 기별을 듣고 우는 줄 알고, 최병도가 죽었다고 영절스럽게 하는 말이 한 입 건너 두 입, 두 입 건너 세 입, 그렇게 온 동네로 퍼지면서 말이 점점 보태고 점점 와전이 되어, 회오리바람이 불 듯 뺑뺑 돌아들고 돌아들어서 한 사람의 귀에 세 번 네 번을 거푸 들리며, 사람마다 그 말이 진적한 소문인 줄로 여겼더라. 이웃에 사는 늙은 할미 하나가 두어 달 전에 외아들 참척을 보고, 제 설움이 썩 많은 사람이라, 최병도 집에 와서 안방 문을 열고 와락 들어오며,

"에그, 이런 변이 있나? 이 댁 서방님이 돌아가셨다네."

하더니 청승주머니가 툭 터지며 목을 놓고 우니, 그때 부인이 울고 앉았다가 그 소리에 깜짝 놀라서 고개를 번쩍 들며,

"응, 그것이 무슨 말인가? 그 말을 뉘게 들었나? 이 사람, 이 사람, 울지 말고 말 좀 자세히 하게."

하면서 정작 설워할 본평 부인은 정신을 차려서 말을 하나, 그 할미는 대답할 경황도 없이 우는지라, 동네 농군의 계집들이 할미 대신 대답을 하는데,

'나도 그 말을 들었소, 나도 들었소, 나도, 나도.' 하는 소리에 부인이 그 말을 더 물을 경황도 없이 기가 막혀 울기만 한다. 본래 그 동네에서 최병도가 무죄히 잡혀간 것은 사람마다 불쌍히 여기는 터이라. 최병도가 인심을 그렇게 얻은 것은 아니나, 강

원 감사에게 학정을 받고 사는 백성들의 마음이라, 초록은 한 빛이 되어 감사를 원망하고 최병도의 일을 원통히 여기던 차에 최병도가 죽었다는 말을 듣고, 남의 일 같지 아니하여 동네 사람들이 남녀노소 없이 최병도 집에 와서 화톳불을 질러놓고 밤을 새우면서 공론이 부산하다.

최병도 집은 외무주장하게 된 집이라, 동네 사람들이 제 일같이 일을 보는 것이 도리에 옳다 하여 일변으로 송장을 찾으러 갈 사람을 정하고, 일변으로 초상을 의논하는 중에 박 좌수라 하는 노인이 오더니 그 일을 주장하는 사람이 되었더라.

본래 박 좌수는 십 년 전에 좌수를 지내고, 일도 아는 사람이라, 최병도가 죽었다는 기별이 왔느냐 물으며 그 말을 들은 곳을 캐는데, 필경은 풍설인 줄로 알고 일변으로 계집사람을 안으로 들여보내서, 최 부인에게 헛소문이라는 말을 자세히 하고, 일변으로 원주 감영에 전인하여 알아보라 하니, 헛소문이라는 말을 듣고, 어떻게 기쁘던지 눈에는 눈물이 떨어지며 얼굴에는 웃음빛을 띠었더라.

그때는 밤중이라 감영에로 급주를 띄워 보내더라도 대관령 같은 장산을 사람 하나나 둘이나 보내기는 염려된다 하여 장정 사오 인을 뽑아 보내려 하는데, 최 부인이 남편 생전에 얼굴 한 번을 만나 보겠다 하여 교군을 얻어 달라 하거늘, 몸수고를 아끼지 아니하는 농부들이 자원하여 교군꾼으로 나서니 비록 서투른 교군이나, 장정 여덟 명이 번갈아 가며 교군을 메고 들장대질을 하는데 주마같이 빠른 교군을 타고 가면서 날개가 돋쳐 날아가지 못하는 것을 한탄하는 사람은 교군 속에 앉은 최 부인 모녀라.

유문 주막에서 서로 마주보이는 먼 산 밑에 푸른 연기가 나고 나무가 우둑우둑 선 틈으로 사람의 집이 즐비하게 보이는 것은 원주 감영이라. 교군꾼이 교군을 내려놓고 쉬면서 최 부인더러 들어보라는 말로, 저희끼리 원주 감영을 가리키며 십 리쯤 남았느니, 거진 다 왔느니, 여기 앉아서 땀이나 들여 가지고 한 참에 원주 감영을 가느니 하면서 늑장을 붙이고 앉았는데, 최 부인이 교군 틈으로 원주 감영을 바라보다가 남편의 일이 새로이 염려가 되어서 가슴이 두근두근하고 몸이 떨리면서 눈물이 떨어지니, 옥순이 어머니가 낙루하는 것을 보고 마주 눈물을 흘린다.

치악산 비탈로 향하여 가는 나무꾼 아이들이 지게 목발을 두드리며 노래하는데 근심이 있는 최 부인의 귀에 유심히 들린다.

낭이라데 낭이라데, 강원 감영이 낭이라데,
두리기둥, 검은 대문 걸려들면 낭이라데, 애에고 날 살려라.
도둑질을 하더라도 사모 바람에 거드럭거리고, 망나니짓을

하여도

　금관자(金貫子) 서슬에 큰기침한다. 애에고 날 살려라.

　강원도 두멧골에 살찐 백성을 다 잡아먹어도

　피똥도 아니 누고 뱃병도 없다네, 애에고 날 살려라.

　아귀 귀신 내려왔네, 아귀 귀신 내려왔네,

　원주 감영에 동토가 나서 아귀 귀신 내려왔네,

　애에고 날 살려라.

　고사떡을 잘해 놓으면 귀신 동토는 없지마는

　먹을 양식을 다 없애고 굶어죽기가 원통하다,

　애에고 날 살려라.

　아귀 귀신 환생을 하여 당나귀가 되었네,

　강원 감영이 망패가 들어서 선화당 마루가

　마판이 되었네, 애에고 날 살려라.

　귀웅을 득득 뜯고, 굽통을 탕탕 치다가 먹을 것만 주면은

　코를 확확 내분다, 애에고 날 살려라.

　물고 차는 그 행실에 사람도 많이 상했지마는

　남의 집 삼대독자 죽이는 것은 악착한데,

　애에고 날 살려라.

　명년 삼월 치악산에 나무하러 오지 마세,

　강릉 사람이 못 돌아가고 불여귀 새가 되면 밤낮 슬피 울 터

이라,

불여귀 불여귀 불여귀 구슬픈 새 소리를 누가 듣기 좋을쏜가,
애에고 날 살려라.

그러한 노랫소리가 최 부인의 귀에 들어가니 부인의 오장이
살살 녹는 듯하여 남편을 보고 싶던 마음이 없어지고, 앉은 자
리에서 눈 녹듯이 녹아지고 스러져, 이 세상을 몰랐으면 좋겠다
싶은 생각뿐이라.

교군꾼들은 저희들끼리 잔소리를 하느라고 나무꾼 아이들이
무슨 노래를 하는지 모르고 있던 터이라. 담뱃대를 탁탁 떨고
교군을 메고 원주 감영으로 살 가듯 들이모는데, 젖은 담배 한
대 탈 동안이 될락 말락 하여 원주 감영으로 들어가더라.

최병도는 강릉 바닥에서 재사(才士)로 유명하던 사람이라. 갑
신년 변란 나던 해에 나이 스물두 살이 되었는데 그해 봄에 서
울로 올라가서 개화당의 유명한 김옥균을 찾아보니, 본래 김옥
균은 어떠한 사람을 보든지, 옛날 육국 시절에 신릉군이 손 대
접하듯이 너그러운 풍도가 있는 사람이라. 최병도가 김 씨를 보
고 심복이 되어서 김 씨를 대단히 사모하는 모양이 있거늘, 김
씨가 또한 최병도를 사랑하고 기이하게 여겨서 천하 형세도 말
한 일이 있고, 우리나라 정치 득실도 말한 일이 많이 있으나 우

리나라를 개혁할 경륜은 최병도에게 말하지 아니하였더라.

갑신년 시월에 변란이 나고 김 씨가 일본으로 도망한 후에 최씨가 시골로 내려가서 재물 모으기를 시작하였는데, 그 경영인즉 재물을 모아 가지고 그 부인과 옥순을 데리고 문명한 나라에 가서 공부를 하여 지식이 넉넉한 후에 우리나라를 붙들고 백성을 건지려는 경륜이라. 최병도가 동네 사람들에게 재물에는 대단히 굳은 사람이라는 말을 들었으나 최병도의 마음인즉, 한두 사람을 구제하자는 일이 아니요, 팔도 백성들이 도탄에 든 것을 건지려는 경륜이 있었더라.

그러나 최병도가 큰 병통이 있으니 그 병통은 죽어도 고치지 못하는 병통이라. 만만한 사람을 보면 숨도 크게 쉬지 아니하나 지체 좋은 사람이 양반 자세 하는 것을 보든지, 세력 있는 사람이 세력으로 누르려든지 하는 것을 당할 지경이면 몸을 육포(肉脯)로 켠다 하더라도 지고 싶은 마음은 조금도 없는 위인이라.

원주 감영으로 잡혀갈 때에 장차에게는 무슨 마음으로 돈을 주었던지, 감영에 잡혀간 후에 감사에게 형문을 그리 몹시 맞으면서도 하고 싶은 말을 낱낱이 하고 반년이나 갇혀 있어도 감사에게 돈 한 푼 줄 마음이 없는지라. 동네 사람이 혹 문옥하러 와서 그 모양을 보고 최병도를 불쌍히 여겨서 권하는 말이, '돈을 아끼지 말고 감사에게 돈을 쓰고 놓여 나갈 도리를 하라.' 하는 사람도 있으나, 최병도가 종시 듣지 아니한 터이라.

찍으려는 황새나 찍히지 아니하려는 우렁이나 똑같다 하는 말이 정 감사와 최병도에게 절당한 말이라. 감사는 기어이 최씨의 돈을 먹은 후에 내놓으려 들다가, 최 씨가 돈을 아니 쓰려는 줄을 알고 기가 나서 날뛰는데, 대체 최병도의 마음에는 찬밥 한 술이 아까운 것이 아니라 고양이 버릇이 괘씸하다는 말과 같이, 돈이 아까운 것이 아니라, 백성을 못살게 구는 놈은 나라에도 적이요 백성의 원수라, 그런 몹쓸 놈을 칼로 모가지를 도리고 싶은 마음뿐이요, 돈 한 푼이라도 먹이고 싶은 마음이 없었더라. 최 씨가 마음이 그렇게 들어갈수록 입에서 독한 말만 나오는데, 그 소문이 감사의 귀로 낱낱이 들어가는지라. 감사가 욕먹고 분한 마음과 돈을 못 얻어먹어서 분한 마음과, 두 가지로 분한 생각이 한 번에 나더니, 졸라 매인 망건편자가 탁 끊어지며 벼락령을 내리는데, 영문이 발끈 뒤집힌다.

"대좌기를 차려라. 강릉 최 반을 잡아들여라. 불연목을 들여라."

하더니 기를 버럭버럭 쓰며 최병도를 당장에 물고를 시키려 드니, 최병도가 감사를 쳐다보며 소리소리 지른다.

"무죄한 백성을 무슨 까닭으로 잡아왔으며, 형문을 쳐서 반년이나 가두어 두는 것은 무슨 일이며, 상처가 아물 만하면 잡아들여서 중장하는 것은 웬일이며, 오늘 물고를 시키려는 일은 무슨 죄이오니까? 죄 없는 사람 하나를 죽이며 죄 없는 사람 하나를 형벌하는 것은 만승천자(萬乘天子)라도 삼가서 아니하는 일이요, 또 못 하는 일이올시다. 강원도 백성은 순사도의 백성이 아니라, 나라 백성이올시다. 만일 생이 나라에 죄를 짓고 죽을진대 나라 법에 죽는 것이요, 순사도의 손에 죽는 것은 아니올시다마는, 지금 순사도께서 생을 죽이시는 것은 생이 사혐(私嫌)에 죽는 것이요, 법에 죽는 것은 아니오니, 순사도가 무죄한 사람을 죽이시면 나라에 죄를 지으시는 것이올시다. 맙시사 맙시사, 그리를 맙시사. 생의 한 몸이 죽는 것은 조금도 아까울 것이 없으나, 생의 몸 밖에 아까운 것이 많습니다. 순사도께서 어진 정사로 백성을 다스리지 아니하시고, 옳은 법으로 죄를 다스리지 아니하시면, 강원도 백성들이 누구를 믿고 살겠습니까? 백성이 살 수 없이 되면 나라가 부지할 수가 없을 터이오니 널리 생각하시고 깊이 생각하셔서, 이 백성을 위하여 줍시사. 옛말에 하였으되, '백성은 나라의 근본이라, 굳어야 나라가 편안하다.' 하니, 그 말을 생각하셔서 이 백성들을 천히 여기지 마시고, 희생같이 알지 마시고, 원수같이 대접을 맙시사. 순사도께서 이 백성들을 수족같이 아시고, 동생같이 여기시고, 어린 자식같이 사랑하시면 이 백성들이 무궁한 행복을 누리고, 이 나라가 태산과 반석같이 편안할 터이오나, 만일 그렇지 아니하여 백성이 도탄에 들 지경이면, 천하의 백성을 잘 다스리는 문명한 나라에서 인종을 구한다는 옳은 소리를 창시하여 그 나라를 뺏는 법이니, 지금 세계에 백성 잘못 다스리던 나라는 망하지 아니한 나라가 없습니다. 이집트라는 나라도 망하였고, 폴란드라는 나라도 망하였고, 인도라는 나라도 망하였으니, 우리나라도 백성에게 포학한 정사를 행할 지경이면 나라가 망하는 것은 순사도는 못 보시더라도 순사도 자제는 볼 터이올시다."

그렇게 하는 말이 폭포수 떨어지듯 쉬지 않고 나오는데, 감사는 최병도를 죽일 마음만 골똘하여 무슨 말이든지 트집 잡을 말만 나오기를 기다리던 판에, 나라가 망한다는 말을 듣고 낚시에 고기가 물린 듯이 재미가 나서 날뛰는데, 다시는 최병도의 입에서 말 한마디 못 나오게 하며 물고령을 내린다.

"응? 나라가 망한다니! 네 그놈의 아가리를 짓찧고 당장에 물고를 내어라!"

하는 영이 뚝 떨어지며, 좌우 옆에서 사령들이 벌 떼같이 달려들며 주장대로 최병도의 입을 콱콱 짓찧으니, 바싹 마른 두 볼에서 웬 피가 그리 많이 나던지 입에서 선지피가 쏟아지며 이는 부러지고 잇몸은 깨어지고 아래턱은 어그러지면서 최병도가 다시는 아무 소리도 못하고, 매가 떨어지는 대로 고개만 끄덕거린다.

그때 마침 최 부인이 원주 감영으로 들어가는데 교군꾼은 뙤약볕에 비지땀을 뚝뚝 떨어뜨리면서, 유문 주막집에서 먹은 막걸리가 원주 감영에 들어올 무렵에 얼근하게 취하여 오는데, 그 무거운 교군을 메고 무슨 흥이 그렇게 나던지 엉덩춤을 으슬으슬 추며, 오그랑벙거지 밑으로 고갯짓을 슬슬 하며, 앞의 교군꾼은 엮음시조 하듯이 잔소리가 연하여 나온다.

"채암들이 춤춤하다, 건너서라 개천이다, 조심하여라 외나무다리다, 발 잘 맞추어라 교군 잘 모셔라."

그렇게 지껄이며 유문 주막에서 단참에 원주 읍내로 들어가는데, 원주 감영에 무슨 일이 있는지 없는지 모르고 쏜살같이 들어가며, 사처는 진남문 밖 주막집으로 정할 작정이라. 진남문 밖에 다다르니 사람이 어찌 많이 모였던지 헤치고 들어갈 수가 없는지라, 교군꾼이 교군을 메고 서서 좀 비켜 달라 하나, 모여 선 사람들이 비켜서기는 고사하고 사람끼리 기름을 짜고 서서, 뒤에 선 사람은 앞에 선 사람을 밀고, 앞에 선 사람은 더 나갈 수가 없으니 밀지 말라 하며 와글와글하는 중이라. 대체 무슨 좋은 구경이 있어서 그렇게 모였는지 뒤에 선 사람들은 송곳눈을 가졌더라도 뚫고 볼 수가 없는 구경을 하고 섰는데, 그 구경인즉 진남문 앞에서 죄인을 때려죽이는 구경이라. 그날은 원주 읍

내의 장날인데 장꾼들이 장은 아니 보고 송장 구경을 하러 왔던
지 진남문 밖에 새로 장이 섰다. 교군꾼이 길가에 교군을 내려
놓고 구경꾼더러 무슨 구경을 하느냐 묻다가 깜짝 놀라서 교군
앞으로 와락 달려들며,

"본평 아씨, 진남문 밑에서 본평 서방님을 때려죽인답니다."
하는 소리에 기가 막혀서 교군 속에서 목을 놓아 우는데, 큰길
가인지 인해 중인지 모르고 자기 안방에서 울듯 운다. 섧고 원
통하고 악이 나는 판이라, 감사는 고사하고 하늘에서 뚝 떨어져
내려온 사람일지라도 겁나는 마음이 조금도 없이 원망과 악담
하며 운다.

진남문 근처의 사람은 최병도가 매 맞는 경상을 구경하고, 최
부인의 교군 근처에 섰는 사람은 최 부인 울음소리를 듣고 섰
다. 최병도 매 맞는 구경하는 사람들은 끔찍끔찍한 마음에 소름
이 죽죽 끼치고, 최 부인의 울음소리를 듣는 사람들은 남의 일
에 콧날이 시큰시큰하며 눈물이 슬슬 돈다. 남의 일에 눈물 잘
나는 사람이 따로 있다 하지마는, 최 부인이 울며 하는 소리 듣
는 사람은 목석같은 오장을 타고났더라도, 그 소리에 오장이 다
녹을 듯하겠더라.

최 부인의 우는 소리는 모기소리같이 가늘더니, 서러운 사정
하는 소리는 청청하게 구름 속으로 뚫고 올라가는 것 같다.

"맙시사 맙시사, 그리를 맙시사. 감사도 사람이지, 남의 돈을 뺏어 먹으려고 무죄한 사람을 잡아다가 갖은 악형을 다 하더니 돈을 아니 준다고 사람을 어찌 죽인단 말이냐? 지금 바로 나까지 잡아다가 진남문 밑에서 때려죽여다고. 아비 쳐 죽인 원수라더냐? 어미 쳐 죽인 원수라더냐? 저렇게 죽일 죄가 무엇이란 말이냐? 애고 애고, 애고, 이 몹쓸 도적놈아, 내 재물 있는 대로 가져가고 우리 남편만 살려다고. 네가 남의 재물을 그렇게 잘 뺏어 먹고 천 년이나 만 년이나 살 듯이 극성을 부리지마는 너도 초로 같은 인생이라. 꿈결 같은 이 인생을 다 지내고 죽는 날은 몹쓸 귀신 되어 지옥으로 들어가서, 저 죄를 다 받노라면 만겁 천겁을 지내더라도 네 죄는 남을 것이요, 네 고생은 못다 할 것이니, 우리 내외는 원귀 되어 지옥 맡은 옥사장이나 되겠다. 애고 애고, 이 설운 사정을 누구더러 하며 이 원정을 어디 가서 하나? 형조에 가서 정하더라도 쓸데없는 세상이요, 격쟁(擊錚)을 하더라도 나만 속는 세상이라, 이 원수를 어찌하면 갚는단 말이냐? 옥순아 옥순아, 나와 같이 죽어서 하느님께 원정이나 가자. 사람을 이렇게 지원절통(至冤切痛)하게 죽이는 세상에 너는 살아 무엇하겠느냐? 가자 가자, 하느님께 원정을 가자. 우리나라 백성들은 다 죽게 된 세상인가 보다. 하루바삐, 한시바삐 어서 가서 하느님께 이런 원정이나 하여 보자. 애고 설운지고, 사람이 저 살 날을 다 살고 병들고 죽더라도, 처자 된 마음에는 섧다 하거든, 생목숨이 남의 손에 맞아죽느라고 아프고 쓰린 경상을 당하는 사람의 마음은 어떠할꼬? 하느님 하느님, 굽어보고 살펴봅시사."

하며 우는데, 읍내 바닥 중늙은이 여편네가 교군 앞뒤로 늘어서서 그 일을 제가 당한 듯이 눈물을 흘리며, 감사가 몹쓸 양반이란 말을 하고 섰는데, 별안간 사람들이 우 몰려 헤지며, 영문 군노 사령이 들끓어 나와서 강릉 경금서 온 교군꾼을 찾더니, 당장에 교군을 메고 원주 지경을 넘어가라 하며, 교군꾼들을 후려 때리며 재촉하거늘, 교군꾼들이 겁이 나서 교군을 메고 유문 주막을 향하고 달아나는데 북문 밖 너른 들로 최 부인의 모녀 울음소리가 유문 주막을 벗어나 나간다.

탐장하는 감사의 옆에는 웬 조방꾼과 염문꾼 등 속살거리는 놈이 그리 많던지 청 한 가지를 못 얻어 하여 먹는 위인들일지라도 아무쪼록 긴한 체하느라고 못된 소문은 곧잘 들어갔다가 까바치는 관속과 아객이 허다한 터이라. 최 부인이 울며 감사에게 악담과 욕을 하던 소문이 감사의 귀에 들어갔는데, 만일 남자가 그런 짓을 하였을 지경이면 무슨 큰 거조(擧措)가 또 있었을는지 모를 터이나 대민의 부녀이라 어찌할 도리가 없는 고로 축출경외(逐出境外)하라는 영이 나서 최 부인의 교군이 쫓겨 나

갔더라.

그때 날은 한나절이 될락 말락 하고 최병도의 명은 떨어질락 말락 한데 호방 비장이 무슨 착한 마음이 들었던지 감사의 앞으로 썩 들어서더니, 최병도의 공송(公誦)을 한다.

"최병도를 죽일 터이면 중영으로 넘겨서 죽이는 일이 옳지, 감영에서 죽일 일이 아니올시다. 또 최병도가 죽은 후에 누가 듣든지, 아무 죄 없는 사람이 죽었다 할 터이니 사또께서 일시의 분을 참으셔서 물고령을 거두시면 좋겠습니다."

"그래, 그놈을 살려 보내자는 말인가?"

"지금 백방을 하더라도 살 수는 없는 터이니, 최가가 숨 떨어지기 전에 빨리 놓아 보내시면, 사또께서는 무죄한 백성을 죽이셨다는 말도 아니 들으실 터이요, 최가는 말이 놓여 나간다 하나 미구에 숨이 떨어질 모양이랍니다. 지금 최병도의 처가 어린 딸을 데리고 큰길가에서 그런 효상을 부리다가 쫓겨 나가고, 최병도는 오늘 영문에서 장폐(杖斃)하면 제일 소문이 좋지 못할 터이니, 물고령을 거두시는 것이 좋을 일이올시다."

감사가 그 말을 듣더니 호방의 얼굴을 물끄러미 쳐다보다가 무슨 생각을 하는 모양이라. 호방의 얼굴은 왜 쳐다보며, 생각은 무슨 생각을 하는지, 감사가 말은 아니하나 구렁이가 다 된 호방이 최가의 돈을 먹고 청을 하나 의심이 나서 보는 것이요,

무슨 생각을 하는 것은 호방이 돈을 먹었든지 아니 먹었든지, 당장 숨이 넘어가게 된 최병도를 죽여도 아무 유익은 없는 터이라, 어찌하면 좋을까 하는 그런 생각이라. 호방이 무슨 말을 다시 하려는데 감사가 기침 한 번을 하더니, 최병도 물고령을 거두고 밖으로 놓으라 하는 영을 내리더라. 치악산 높은 봉을 안고 넘어가는 저녁볕에 울고 가는 까마귀 한 마리가 획획 돌아내려오더니, 원주 유문 주막집 앞에 휘어진 버들가지에 앉으며 꽁지는 서천에 걸린 석양을 가리키고 너울너울 흔들며 주둥이는 동으로 향하여 운다.

"까막 까막 깍깍, 까옥 까옥 깍깍."

가지각색으로 지저귀는데 그 버들 그림자는 어떤 주막집 사첫방 서창에 드리웠고, 그 까마귀 소리는 그 방에 하룻밤 숙소참으로 든 최 부인 귀에 유심히 들린다. 귀가 쏘는 듯, 뼈가 죄는 듯 오장이 녹는 듯하여 눈물이 비 오듯 하나 주막집에서 울음소리 냅뜰 수는 없는지라. 다만 흑흑 느끼기만 하며 철없는 옥순을 데리고 서러운 한탄을 한다.

"옥순아 옥순아, 까마귀는 군자 같은 새라더니 옛말이 옳은 말이로구나. 너의 아버지께서 산도 설고 물도 설고 이전에 아는 사람 하나 없는 원주 감영에 와서 원통히도 돌아가시는데 어느 때에 운명을 하셨는지 통부 전하여 줄 사람 하나 없지마는, 영

물의 까마귀가 너의 아버지 통부를 전하여 주느라고 저렇게 짖는구나. 우리는 영문 사령에게 축출경외를 당하고 여기까지 쫓겨 오느라고 정신없이 왔으니 사람이나 좀 보내 보자."

하더니 정신없는 중에 정신을 차려서 배행 하인으로 데리고 온 하인 천쇠를 불러서 원주 감영에 새로이 전인을 한다.

천쇠가 이태, 삼 년 동안 머슴을 들었던 더부살이라 주인에게 무슨 정성이 그렇게 대단할 것은 없으나 주인의 사정을 어찌 불쌍히 여겼던지, 먼 길에 삐쳐 와서 되짚어 유문 주막 십 리를 나온 사람이 곤한 것을 잊어 버리고 달음박질을 하여 원주 감영으로 향하고 들어가며 노래를 하는데 무식한 농군의 입에서 유식한 소리가 나온다.

"치악산 상상봉에 넘어가는 저 햇빛, 너 갈 길도 바쁘지마는 본평 아씨 사정을 보아서 한참 동안만 가지 말고 그 산에 걸렸거라. 본평 서방님 소식 알러 김천쇠가 급주를 간다. 오늘 밤 내로 못 다녀오면 본평 아씨가 잠 못 자고 옥순 아기를 데리고 울음으로만 밤을 새운다. 우산낙조(牛山落照) 제경공도 햇빛을 멈추고 삼사를 갔다."

하며 몸에서 바람이 나도록 달아나는데 너른 들 풀밭 속에 석양은 묘묘하고 노래는 청청하다. 웬 교군 한 채가 동으로 향하여 폭풍우같이 몰려오는데, 교군은 몇 푼짜리 못 되는 세보교이나

기구는 썩 대단한 모양이라. 오그랑벙거지 쓴 교군꾼 십여 명이 들장대를 들고 두 발자국, 세 발자국 만에 들장대질을 한 번씩 하며 주마같이 달려오는 교군을 보고 천쇠가 길가로 비켜서며 앞장 든 교군 속을 기웃기웃 건너다보다가, 천쇠가 소리를 버럭 질러서 본평 서방님을 불렀더라.

그 교군은 최병도의 교군이라. 최병도가 그날 백방이 되어 주막집으로 나왔는데 전신이 핏덩어리라, 누가 보든지 살지는 못하겠다 하고, 최 씨의 마음에 살아날 수는 없으나, 그러나 정신은 말갛게 성한지라, 목숨이 혹 이삼 일만 부지하여 있을 지경이면 집에 가서 처자나 만나 보고 죽겠다 하고, 교군 삯은 달라는 대로 주마 하고 원주 읍내에서 교군 잘하는 놈으로 뽑아 세우니, 세상에 돈이 참 장사요, 돈이 제갈량이라. 삼백삼십 리를 온 이틀이 다 못 되어 들어가겠다 장담하고 나서는 교군꾼이 십여 명이라. 해질 때 떠났으나, 가다가 횃불을 잡히더라도 삼사십 리는 갈 작정이라. 천쇠가 무슨 소리를 지르는지 아니 지르는지, 교군꾼들은 들은 체도 아니하고 달아난다. 천쇠가 교군 뒤로 따라오며 소리소리 질러서 교군을 멈추라 하니, 최 씨가 그 소리를 알아듣고 교군을 멈추고 천쇠를 불러 말을 묻다가 그 부인과 딸이 유문 주막에 있다는 말을 듣고 대장부 눈에서 눈물이 떨어지며 피 묻은 옷깃이 다시 눈물에 젖었더라.

유문 주막은 최 씨의 내외가 상봉하고, 부녀가 상봉하는 곳이라. 슬프던 끝에 기쁜 마음 나고, 기쁘던 끝에 다시 슬픈 마음이 나는데, 누가 더하고 누가 덜하다 할 수가 없는 터이나, 최병도는 기운이 탈진하여 통성도 없이 누워 있고, 옥순은 어린아이라 울다가 그 어머니 무릎에 기대고 잠이 들었는데, 부인은 잠 못 이루어 등잔을 돋우고 남편 앞에 앉아서 밤을 새운다. 하지머리 짧은 밤도 근심으로 밤을 새우려면 그 밤이 별로 긴 것 같은 법이라. 그 남편이 운명을 하는가 의심이 나서 불러 보고 불러 보다가, 그 남편이 대답을 한 번 하려면 힘이 드는 모양같이 보이는 고로 불러 보지도 못하고 앉아서 속만 탄다. 이 몸이 의원이나 되었다면, 맥이나 짚어 보고 싶고, 이 몸이 불사약이나 되었으면 남편의 목숨이나 살려 보고 싶고, 이 몸이 저승에 갈 수가 있으면 내가 대신 죽고 남편의 목숨이나 살려 보고 싶고, 이 몸이 저승에 갈 수가 있으면 내가 대신 죽고 남편을 살려 달라고 축원을 하여 보고 싶고, 이 몸이 구름이나 되었으면 남편을 곱게 싸 가지고 밤 내로 우리 집에 가서 안방 아랫목에 뉘어 놓고 피 묻고 땀 배인 저 옷도 갈아입히고 병구원이나 마음대로 하여 보련마는, 그 재주 저 재주 다 없고, 주막집 단칸 사첫방에서 꼼짝을 못하고, 물 한 그릇을 떠 오라 하더라도 어린 옥순을 심부름시키는 터이라. 남편이 숨이 넘어가는 지경에 무엇을 가릴 것이 있으리오마는, 팔도 모산지배(謀算之輩)가 다 모여 자는 주막이라, 사람을 겁내고 사람을 부끄러워하며 삼십 년을 규중에서 자라난 여자의 몸이라 아무렇든지 요 방구석에 들어앉아서 저 지경 된 남편의 병도 구원하기 어려운 터이라, 날이나 밝으면, 그 남편을 교군에 싣고 강릉으로 갈 마음뿐이라. 먼동 트기를 기다리느라고 문을 열고 동편 하늘을 바라보니 샛별은 소식도 없고, 머리 위 처마 밑에서 홰를 탁탁 치고 꼬끼오 우는 것은 첫닭 우는 소리라.

산도 자고 물도 자고 바람도 자고 사람도 자는 밤중이라. 적적요요한 이 밤중에 설움 없고 눈물 없이 우는 것은 '꼬끼오' 소리 하는 저 닭이요, 오장이 녹는 듯 눈물이 비 오듯 하며 소리 없이 우는 것은 최 부인이라. 그 밤을 그렇게 새다가, 새벽녘에 다 죽어가는 남편을 교군에 싣고 길을 떠나가는데, 그날부터는 교군 삯 외에 중상을 주마 하고 밤낮없이 몰아가는 터이라. 옛말에, '향기 나는 미끼 아래 반드시 죽는 고기가 있고, 중상 아래 반드시 날랜 사람이 있다.' 하더니, 과연 그 말과 같이 장장하일(長長夏日) 하루해에 일백육십 리를 가서 자고, 그 이튿날 저녁때에 대관령을 넘어간다.

해는 서산에 기울어졌는데, 대관령 고개 마루턱 서낭당 밑에 교군 두 채를 나란히 놓고 쉬면서 교군꾼들이 갈모봉을 가리키며, '저 산 밑이 경금 동네라, 빨리 가면 횃불 아니 잡히고 일찍 들어가겠다.' 하니, 그 소리가 최 부인의 귀에 반갑게 들리련마는 반가운 마음은 조금도 없고 새로이 기막히고 끔찍한 마음이 생긴다.

최병도가 종일을 정신없이 교군에 실려 오더니, 저녁때 새로이 정신이 나서 그 부인과 옥순을 불러서 몇 마디 유언을 하고 대관령 고개 위에서 숨이 떨어지는데, 소쇄(瀟灑) 황량한 성황당 밑에서 부인과 옥순의 울음소리가 처량하고, 깊은 산 푸른 수풀 속에서는 불여귀 우는 소리가 슬펐더라. 최병도의 산지는 지관이 잡아 준 것이 아니라 최병도가 운명할 때에 손을 들어, 대관령에서 보이는 제일 높은 봉을 가리키며, 저기 저 꼭대기에 묻어 달라 한 묏자리라.

무슨 까닭으로 그 꼭대기에 묻어 달라고 하였는고? 죽은 후에 높은 봉에 묻혀 있어서 이 세상이 어떻게 되는 것을 좀 내려다보겠다 한 유언이 있었더라.

그 유언에 소문 내기 어려운 말이 몇 마디가 있으나 최 부인이 섧고 기막힌 중에 함부로 말을 하였더라.

죽은 지 칠 일 만에 장사를 지내는데, 인근 동네 사람들까지 남의 일 같지 아니하고 사람마다 제가 당한 일 같다 하여 회장(會葬) 아니 오는 친구가 없고 부역(赴役) 아니 오는 백성이 없으니, 토사호비(兎死狐悲)라, 토끼 죽은데 여우가 슬퍼했다는 말과 같은 것이라. 상여꾼들이 연폿국과 막걸리를 실컷 먹고, 술김에 흥이 나는 것이 아니라 처량한 마음이 나서 상여를 메고 가며 상두 소리가 높았더라.

워어허 워어허.

이 길이 무슨 길인고 북망 가는 길이로다.

워어허 워어허.

이 죽음이 무슨 죽음인고, 학정 밑에 생죽음일세.

워어허 워어허.

생때 같은 젊은 목숨, 불연목에 맞아 죽었네.

워어허 워어허.

이 양반이 죽을 때에 눈을 감고 죽었을까?

워어허 워어허.

처자의 손목 쥐고 유언할 제 어떨쏜가?

워어허 워어허.

고향을 바라보고 낙루가 마지막일세.

워어허 워어허.

한을 품고 죽은 사람 썩지도 못한다데.

워어허 워어허.

대관령에서 운명할 때 불여귀가 슬피 울데.

워어허 워어허.

가이인이불여조(可以人而 不如鳥)라 우리도 일곡하세.

워어허 워어허.

애고 불쌍하다 죽은 사람 불쌍하다.

워어허 워어허.

공산야월(空山夜月) 거친 무덤 그대 얼굴 못 보겠네.

워어허 워어허.

단장천이한천(斷腸天離恨天) 그대 집은 공규(空閨)로다.

워어허 워어허.

함원귀천(含怨歸泉) 그대 일은 누가 아니 슬퍼할까?

워어허 워어허.

하며 나가는 것은 새벽 발인에 메고 나서는 상여꾼의 소리라. 그 소리를 들으면서 들은 체도 아니하고 저 갈 데로 가는 것은 최병도라. 명정(銘旌)은 앞에 서고 상여는 뒤에 서서 대관령을 향하고 올라가는데, 상여 소리는 끊어지고 발등거리 불빛만 먼 산에서 반짝거린다.

깊은 산 높은 봉에 사람의 자취 없는 곳으로 속절없이 가는 것도 그 처자 된 사람은 무정하다 할는지, 야속하다 할는지, 섭

고 기막힌 생각뿐일 터인데, 그 산중에 들어가서 더 깊이 들어
가는 곳은 땅속이라. 최병도 신체가 땅속으로 쑥 들어가며 달고
소리가 나는데,

어어여라 달고.
처자 권속 다 버리고 혼자 가는 저 신세
이제 가면 언제 오리, 한정 없는 길이로다.
어어여라 달고.
북망산이 멀다더니 지척에도 북망이로구나.
황천이 멀다더니 뗏장 밑이 황천이로구나.
어어여라 달고.
인간 만사 묻지 마라, 초목만도 못하구나.
춘초(春草)는 연년록(年年綠)이요, 왕손은 귀불귀(歸不歸)라.
어어여라 달고.
인생이 이러한데 천명을 못다 살고 악형 받아 횡사하니
그대 신명 가긍토다.
어어여라 달고.
살일불고(殺一不辜) 아니하고 형일불고(刑一不辜) 아니할 때
그 시대의 백성들은 희호세계 그 아닌가.
어어여라 달고.

희생 같은 우리 동포 살아도 고생이나

그대같이 죽는 것은 원통하기 특별나네.

어어여라 달고.

관 위에 횡대 덮고 횡대 위에 회판일세.

풍채 좋은 그대 얼굴 다시 얻어 못 보겠네.

어어여라 달고.

보고지고 보고지고 그대 얼굴 보고지고

공산낙월(空山.落月)의 달빛을 보고 고인 안색으로 비겨 볼까.

어어여라 달고.

철천(徹天)한 한을 품고 유언이 남았거든

죽지사(竹枝詞) 전하듯이 꿈에나 전해 주게.

어어여라 달고.

　그 달고질 소리가 마치매 둥그런 뫼가 이루어졌더라. 그 뫼는 산봉우리 위에 섰는데, 형상은 전기선 위에 새가 올라앉은 것같이 되었더라. 뫼 쓸 때에 최 씨의 유언을 들어서 관머리는 한양을 향하고 발은 고향으로 뻗었으니 그 뜻인즉, 한양은 우리나라 오백 년 국도라, 나라를 근심하여 일하장안(日下長安)을 바라보려는 마음이요, 고향은 조상의 분묘도 있고, 불쌍한 처자도 있고, 나라를 같이 근심하던 지기하는 친구도 있는 터이라, 사정은 처자에게 간절하나 나라를 붙들기 바라는 마음은 그 친구에게 있으니, 그 친구는 김정수라. 최병도가 죽은 영혼이 발을 제겨디디고 김 씨가 나라를 붙들기를 기다리고 바라보려는 마음에서 나온 일이러라. 그러나 사람은 죽으면 그만이라, 최병도는 인간을 하직하고 한량없이 먼 길을 가고, 본평 부인은 청산백수에 울음소리로 세월을 보내더라.

최 부인이 그 남편 죽던 날에 따라 죽을 듯하고, 그 남편 장사 지내던 때에 땅속으로 따라 들어갈 듯한 마음이 있으나, 참고 있는 것은 두 가지 거리끼는 일이 있어서 못 죽는 터이라.

한 가지는 여덟 살 된 딸자식을 버리고 죽을 수가 없고, 또 한 가지는 아홉 달 된 복중 아이라. 혹 아들이나 낳으면 최 씨가 절사나 아니할까, 바라는 마음으로 살아 있는지라.

그러나 부인은 밤낮으로 서러운 생각뿐이라 산을 보아도 서러운 생각이 나고, 물을 보아도 서러운 생각이 나고, 밥을 먹어도 눈물을 씻고 먹고, 잠을 자도 눈물을 흘리고 자는 터이라. 간은 녹는 듯, 염통은 서는 듯, 창자는 끊어지는 듯, 가슴은 칼로 에이는 듯한데 '근심을 말자 말자.' 하고, '설움을 참자 참자.' 하면서도 솟아나는 마음을 임의로 못 하고, 새로이 근심 한 가지가 더 생긴다. 무슨 근심인고? 내 속이 이렇게 썩을 때에 뱃속에 있는 어린 것이 다 녹아 없어지려니 싶은 근심이라. 그러나 그

근심은 모르고 뱃속에서 무럭무럭 자라나는 어린아이는 열 달 만에 인간에 나오면서,

"응아 응아."

하고 우는데, 최 부인이 오랜 지친 끝에 해산을 하고 기운 없고 정신없는 중에도 아들인지 딸인지 어서 바삐 알고자 하여 해산 구원하는 사람더러,

"여보게, 아들인가 딸인가?"

묻는다. 그때 해산 구원하는 사람은 누구런지, 본평 부인이 묻는 것을 불긴히 여기는 말로,

"그것은 물어 무엇하셔요? 순산하셨으니 다행하지요."

하는 소리가 본평 부인의 귀에 쏙 들어가며 부인이 깜짝 놀라서 낙심이 된다. 딸이 아니면 병신자식이라, 의심이 나고 겁이 나더니 바라던 마음은 어디로 가고 서러운 생각이 일어나며 베개에 눈물이 젖는데, 부인이 본래 약질로 남편이 감영에 잡혀가던 날부터 죽던 날까지, 죽던 날부터 부인이 해산하던 날까지, 말을 하니 살아 있는 사람이요, 밥을 먹으니 살아 있는 사람이지 실상은 형해만 걸린 것이, 불면 날아갈 듯 쥐면 꺼질 듯하게 된 중에 해산 구원하는 사람의 말을 듣고 놀라더니, 산후 제반악증이 생긴다. 펄펄 끓는 첫 국밥을 부인 앞에 놓고,

"아씨 아씨, 국밥 좀 잡수시오."

권하는 것은 천쇠의 계집이라. 부인이 감았던 눈을 떠서 물끄러미 보다가 눈물이 돌며,

"먹고 싶지 아니하니, 이따가 먹겠네."

하더니 다시 눈을 스르르 감고 돌아눕는데 얼굴에 핏기가 없고 찬 기운이 돈다. 눈에는 헛것이 보이고 입에는 군소리가 나오더니, 평생에 얌전하기로 유명하던 본평 부인이 실진(失眞)이 되어 계명워리같이 되었더라.

그 소생, 어린아이는 옥동자 같은 아들이라. 그러한 아이를 무슨 까닭으로 해산구원하던 사람이 부인의 귀에 말을 그렇게 놀랍게 하여 드렸던고? 해산구원하던 사람은 부인을 놀래려고 그러한 것이 아니라, 어디서 그런 구기(口氣)를 얻어 배웠던지, 아들 낳은 것을 감추고 딸이라 소문을 내면 그 아이가 명이 길다 하는 말이 있어서 아들이라는 말을 아니하려고 그리한 것인데, 위하여 주려는 마음에서 병을 주는 말이 나온 것이라. 병이 들기는 쉬우나 낫기는 어려운 것이라. 당귀(當歸)·천궁(川芎)·숙지황(熟地黃)·백작약(白灼藥)·원지(遠志)·백복신(白茯神)·석창포(石菖蒲) 등속으로 청심보혈(淸心補血)만 하더라도 심경열도(心經熱度)는 점점 성하고 병은 골수에 든다.

옥동자 같은 유복자는 그 어머니의 젖꼭지를 물어도 못 보고 유모에게 길리는데, 혼돈세계로 지내는 핏덩어리 아이는 아무

것도 모르고 젖만 먹으면 잠들고 잠에서 깨면 젖을 먹고 무럭무럭 자라지마는 불쌍한 것은 철 알고 꾀 난 옥순이라. 그 어머니가 미친 중이 날 때마다,

"어머니 어머니, 어머니 어머니가 이것이 웬일이오? 어머니 날 좀 보오, 내가 옥순이오."

하며 울다가 어린 마음에 무서운 생각이 들어서 복녜를 부를 때가 종종 있다. 부인은 옥순을 보아도 정 감사라고 식칼을 들고 원수를 갚는다 하며 쫓아다니는 때가 있는 고로, 밤낮없이 안방에 상직(常直)으로 있는 사람들이 잠시도 부인의 옆을 떠날 수가 없는 터이라.

유복자의 이름은 누가 지어 주었던지 옥 같은 남자라고 옥남이라 지었더라.

애비가 원통히 죽었든지 어미가 몹쓸 병이 들었든지, 가고 가는 세월에 자라는 것은 어린아이라. 옥남이 일곱 살이 되도록 그 어미 얼굴을 모르고 자랐더라. 그 어미가 죽고 없어서 못 보았는가? 그 어미가 두 눈이 둥그렇게 살아 있는 터에 만나 보지 못한다.

차라리 어미 없이 자라는 아이 같으면 어미까지 잊어 버리고 모를 터이나, 옥남의 귀에 옥남 어머니는 살아 있다 하는데 옥남이 그 어미를 못 보았더라. 그것은 무슨 곡절인고? 본래 본평

부인이 실진이 되었을 때에 옥남의 집의 일동일정(一動一靜)을 다 보아 주던 사람은 김정수(김치일)라. 옥남의 유모는 또한 그 동네 백성의 계집이나, 본평 부인의 병이 얼른 낫지 아니하는 고로 김 씨의 말이, 옥남이 그 어미가 있는 줄을 모르고 자라는 것이 좋다 하고, 옥남의 유모에게 먹고살 것을 넉넉히 주어서 멀리 이사를 시켜 두었더라.

김 씨는 이전에 최병도가 감영에 잡혀갈 때에 영문 장차들을 죽이느니 살리느니 하며 야단치던 사람이라. 그때 잠시간 몸을 피하였다가 최병도가 죽었다는 말을 듣고 김 씨가 악이 나서 영문에 잡혀갈 작정을 하고 경금 동네로 돌아와서 최 씨의 초상 치르는 것까지 보고 있으나, 본래 피천 대푼 없는 난봉이라. 가령 영문에서 잡으러 오더라도 장차가 삼백여 리나 온 수고 값도 못 얻어먹을 터이요, 돈이 있어도 줄 위인도 아니라. 또 김 씨가 영문 장차에게 야단치던 일은 벌써 묵장된 일이라. 그런 고로 영문에서 잡으러 나오는 일도 없고, 제 집에 있었더라.

제 자식보다 남의 자식을 더 귀애하고 소중히 여긴다는 말은 거짓말 같으나, 김 씨는 자기 아들보다 옥남을 더 귀애하고 더 소중히 여기는 터이라. 옛날 정영이 조무를 구하려고 그 아들을 버리더니, 김 씨가 옥남을 보호하려는 마음이 정영이 조무를 위하는 마음만 못지아니한지라. 옥남이 있는 곳은 경금서 삼십 리

라. 김 씨가 옥남을 보러 삼십 리를 문턱 드나들 듯 왕래를 하는
데, 옥남이 김 씨를 보면 저의 아버지를 본 듯이 반가워서 쫓아
나오며,

"아저씨, 아저씨!"
하고 따른다.

옥남이 핏줄도 아니 켕기는 터에 그렇게 따르는 것은 김 씨에
게 귀염 받는 곡절이요, 김 씨가 옥남을 그렇게 귀애하는 것은
최병도의 정분을 생각하여 그럴 뿐 아니라, 옥남의 영민한 것을
볼수록 귀애하는 마음이 깊어 간다.

율곡은 어렸을 때부터 이치를 통한 군자라는 말이 있었고, 매
월당은 어렸을 때부터 문장이라는 말이 있었으니, 옥남을 그러
한 명현에는 비할 수 없으나 옥남을 보는 사람의 말은,

"일곱 살에 요렇게 영민한 아이는 고금에 다시없지."
하면서 칭찬을 한다.

"아저씨, 나는 아저씨 보러 왔소."
하며 김 씨 집 마당으로 달음박질하여 들어오는 것은 옥남이라.

"응, 거 누구냐, 네가 어찌 여기를 왔느냐?"
하며 문을 열고 내다보는 것은 김 씨라.

옥남은 앞에 서고 유모는 뒤에 서서 들어오는데, 김 씨가 반
가운 마음은 없었던지, 눈살을 찌푸리고 무슨 생각을 하는 모양

이라.

"애기가 어머니 보러 온다고 어찌 몹시 조르던지 견디지 못하여 데리고 왔습니다."

김 씨가 아무 대답 없이 옥남을 물끄러미 보다가 고개를 푹 숙인다.

"아저씨, 내가 삼십 리를 걸어왔소. 내가 장사지?"

"어린아이가 그렇게 먼 데를 어찌 걸어왔단 말이냐? 날더러 그런 말을 하였으면 교군을 보냈지."

"어머니를 보러 오느라고 마음이 어찌 좋든지, 다리 아픈 줄도 몰랐소."

김 씨가 무슨 말을 하려는지 고개를 들더니 아무 소리 없이 입맛을 다신다.

"아저씨, 아저씨 내 소원을 풀어 주오. 우리 어머니가 살아 있다는데, 내가 어머니 얼굴을 못 보니 어머니를 보고 싶어 못살겠소. 어머니가 나를 낳고 미친병이 들었다 하니, 내가 아니 났다면 어머니가 아니 미쳤을 터이지⋯⋯."

하더니 훌쩍훌쩍 우니, 유모가 그 모양을 보고 따라 운다.

김 씨의 부인이 옥남의 머리를 쓰다듬으며,

"에그, 본평댁이 불쌍하지. 신세가 그렇게 되고 그런 몹쓸 병이 들어서⋯⋯."

하더니 목이 멘 소리로 말끝을 마치지 못하고 눈물이 떨어진다.
김 씨의 머리는 점점 수그러지더니, 염불하다가 앉아서 잠든 중
의 고개같이 아주 푹 수그러졌다.

부인이 김 씨를 건너다보며,

"여보 여보, 옥남이 처음부터 그 어머니가 살아 있는 줄을 몰
랐으면 좋으려니와, 알고 보려 하는 것을 아니 뵐 수 있소? 오
늘 내가 데리고 가서 만나 보게 하겠소. 이애 옥남아, 너의 어머
니를 잠깐 보고, 너는 도로 유모의 집으로 가서 있거라. 네가 너
의 어머니를 보고 어머니 앞을 떠나기가 어려워서 너의 집에 있
으려 할 터이면 내가 아니 데리고 가겠다."

김 씨가 고개를 번쩍 들며,

"응, 마누라가 데리고 갔다 오시오."

그 말 한마디에 옥남과 유모와 김 씨 부인이 눈물이 가득한
눈으로 웃음빛을 띠었더라.

앞뒤에 쌍창문 척척 닫혀 두고 문 뒤에는 긴 널빤지를 두 이
자 석 삼 자로 가로질러서 두 치 닷 푼씩이나 되는 못을 척척 박
아서 말이 문이지 아주 절벽같이 만들어 놓고 안마루로 드나드
는 지게문으로만 열고 닫게 남겨 둔 것은 최 본평 집 안방이라.
그 방 속에는 세간 그릇 하나 없고 다만 있는 것은 귀신같은 사
람 하나뿐이라.

머리는 까치집같이 헙수룩하고 얼굴은 몇 해 전에 씻어 보았는지 때가 켜켜이 끼었는데, 저렇게 파리하고도 목숨이 붙어 있나 싶을 만하게 뼈만 남은 위인이 혼자 앉아서 중얼거리는 사람은 본평 부인이라.

무슨 곡절로 지게문만 남겨 놓고 다른 문은 다 봉하였던고? 본평 부인이 광증이 심할 때에는 벌거벗고 문밖으로 뛰어나가려 하기도 하고, 옥순이도 몰라보고 방망이를 들고 때리려 하기도 하는 고로, 옥중에 죄인 가두듯이 안방에 가두어 두고 수직하는 노파 이삼 인이 옥사장같이 지켜 있고 다른 사람은 그 방에 드나들지 못하게 하는 터인데, 적적하고 캄캄한 방 속에 죄 없이 갇혀 있는 사람은 본평 부인이라. 그러한 그 방 지게문을 펄쩍 열고,

"어머니."

부르면서 들어오는 것은 옥남이요, 그 뒤에 따라 들어오는 사람은 김 씨 부인과 옥남의 유모라. 건넌방에서 옥순이 그것을 보고 한걸음에 뛰어나와 안방으로 따라 들어온다. 그때 본평 부인은 아랫목에 혼자 앉아서 베개에 식칼을 꽂아 놓고, 무엇이라고 중얼거리는 소리가 그 남편 죽이던 놈의 원수 갚는다는 말이라. 옥남이 그 어머니 모양을 보더니 울며, 그 어머니 앞으로 달려들어서 어머니를 부르며 울기만 하는데, 옥순은 일곱 해 동안

을 건넌방 구석에서 소리 없는 눈물로 자란 계집아이라, 참았던 울음소리가 툭 터져 나오면서 옥남을 얼싸안고 자지러지게 우니, 김 씨 부인과 유모가 옥남을 왜 데리고 왔던고 싶은 마음뿐이라. 김 씨 부인이 눈물을 흘리고 본평 부인 앞으로 바싹 다가앉으며,

"여보 본평댁, 이 아이가 본평댁의 아들이오. 여보 여보, 정신 좀 차려서 이 아이 좀 보오. 어찌하여 저런 병이 들었단 말이오? 여보, 여보 저 베개에 칼은 왜 꽂아 놓았소? 저런 쓸데없는 짓을 말고 어서 병이나 나아서 옥순을 잘 가르쳐 시집이나 보내고, 옥남을 길러서 며느리나 보고, 마음을 붙여 살 도리를 하시오. 돌아가신 서방님은 하릴없거니와 불쌍한 유복자를 남의 손에 기르기가 애닯지 아니하오? 본평댁이 어서 본정신이 돌아와서 옥남을 길러 재미를 보게 하오. 에그, 그 얌전하던 본평댁이 이렇게 될 줄 누가 알았단 말인고?"

하며 목이 메어 하던 말을 그친다. 본평 부인이 무슨 정신에 김씨의 부인을 알아보던지 비죽비죽 울며,

"여보 회오골댁, 이런 절통한 일이 어디 있소? 댁 서방님이 우리 집에 오셔서 영문 장차를 다 때려죽이려 드시는 것을 내가 맨발로 뛰어나가서 말렸더니, 영문 장차 놈들이 그 공을 모르고 옥순 아버지를 잡아다 죽였소그려. 내가 옥황상제께 원정을 하

였소. 옥황상제께서 그 원정을 보시더니, 내 소원을 다 풀어 주맙시다. 염라대왕을 부르시더니 정 감사를 잡아다가 천근이나 되는 무쇠 두멍을 씌워서 지옥에 집어넣고 우리 집에 나왔던 장차들은 금사망을 씌워서 구렁이가 되게 하고 옥황상제께서 날더러 하시는 말이, '너는 나가서 있으면, 내가 인간에 죄지은 사람들을 다 살펴서 벌을 주겠다.' 하십디다. 회오골댁, 내 말을 자세히 들어 두시오. 몇 해만 되면 세상에 변이 자꾸 날 터이오, 극성을 부리던 사람들은 꼼짝을 못하게 되고, 백성들은 제 재물을 제가 먹고 살게 될 터이오. 두고 보오, 내 말이 맞나 아니 맞나…… 옥순 아버지가 대관령에서 운명할 때에 하던 말이 낱낱이 맞을 터이오."

그렇게 실신한 말만 하다가 나중에는 그 소리 할 정신도 없이 눈을 감더니 부처님의 감중련 하는 손과 같이 손가락을 짚고 가만히 앉았는데, 그 앞에는 옥순 남매 울음소리뿐이라.

태평양 너른 물에 크고 큰 화륜선이 살 가듯 떠나가는데 돛대 밖에 보이는 것은 파란 하늘뿐이요, 물밑에 보이는 것은 또한 파란 하늘 그림자뿐이라. 해는 어디서 떠서 어디로 지는지 배는 어디서 와서 어디로 가는지 오던 곳을 살펴보아도 하늘에서 온 것 같고, 가는 곳을 살펴보아도 하늘로 향하여 가는 것만 같다. 바람은 괴괴하고 물결은 잔잔하고 석양은 묘묘한데, 화륜선

상등실에서 갑판 위로 웬 사람 셋이 나오는데 앞에 선 것은 옥남이요, 뒤에 선 것은 옥순이요, 그 뒤에는 김 씨라. 옥남이 갑판 위로 뛰어다니면서,

"누님 누님, 누님이 이런 좋은 구경을 마다고 집에서 떠날 때 오기 싫다 하였지? 집에 들어앉았으면 이런 구경을 하였겠소?" 하면서 흥이 나서 구경을 하는데, 옥순은 아무 경황없이 뱃머리에서 오던 길만 바라보고 섰다. 옥순이 수심이 첩첩하여 남에게 형언하지 못하는 한탄이라.

'어머니는 어떻게 되셨누? 내가 집에 있을 때도 어머니 병구원하는 할미들이 어머니를 대하여 소리를 꽥꽥 지르며 욱지르는 것을 보면 내 오장이 무너지는 듯하지마는, 그 할미들더러 애쓴다, 고맙다, 칭찬하는 것은 빈말이 아니라, 그렇게 되신 우리 어머니를 밤낮없이 그만치 보아 드리기도 어려운 터이라. 그러나 나도 없으면 어떻게들 하는지…….'

그런 생각을 하다가 구슬 같은 눈물이 쌍으로 뚝뚝 떨어지는데, 고개를 숙여 보니 만경창파(萬頃蒼波)에 간곳없이 스러졌다. 근심에 근심이 이어 나고, 생각에 생각이 이어 난다.

'갈모봉이 어디로 가고, 대관령은 어디로 갔누? 아버지 돌아가실 때에 대관령을 넘는데 천하에는 산뿐이요, 이 산에 올라서면 온 천하가 다 보이는 줄 알았더니, 에그 그 산이 그 산

이……'

그렇게 생각하고 섰는데, 대관령이 옥순의 눈에 선하게 보이는 듯하다. 산은 무정물(無情物)이라, 옥순이 산에 무슨 정이 들어서 간절히 생각하는고?

대관령 상상봉에는 눈을 못 감고 돌아가신 아버지가 말없이 누우셨고, 대관령 밑 경금 동네에는 살아 있는 어머니가 돌아가신 아버지 신세만 못하게 되어 계시니, 그 어머니 형상은 잊을 때가 없는지라. 잠들면 꿈에 보이고, 잠이 깨면 눈에 어린다. 거지를 보더라도 본정신으로 다니는 사람을 보면, 우리 어머니는 저 신세만 못하거니 싶은 생각이 나고, 병신을 보더라도 본정신만 가진 사람을 보면 우리 어머니가 차라리 눈이 멀었든지, 귀가 먹든지, 팔이나 다리가 병신이 되었더라도 옥남이나 알아보고 세상을 지내시면 좋으련마는 하며 한탄하는 마음이 생기는 옥순이라. 옥순이 사람을 보는 대로 그 어머니가 남과 같지 못한 생각이 나는 것은 오히려 예사라. 날짐승 벌레를 보더라도 처량한 생각이 든다.

'저것은 짐승이지마는 기뻐하는 마음, 성내는 마음, 슬퍼하는 마음, 즐겨하는 마음, 사랑하는 마음, 미워하는 마음, 욕심나는 마음, 그런 마음이 다 있을 터인데, 어찌하여 우리 어머니는 사람으로 그런 마음을 잃으셨누? 아버지는 세상을 버리시고 어머니는 세상을 모르시는데, 의지 없는 우리 남매를 자식같이 사랑하고 불쌍히 여기는 사람은 회오골 아저씨 내외라. 헝겊붙이나 되어 그러하면 우리도 오히려 예사로울 터이나, 과갈지의(瓜葛之誼)도 없는 김가, 최가라. 우리 남매가 자라서 그 은혜를 어떻게 갚을는지……. 부모 같은 은혜가 있으나 아버지라 부를 수는 없는 고로 아저씨라 부르지마는, 우리 남매 마음에는 아버지같이 알고 따르는 터이라. 그러나 눈치보고 체면 차리는 것은 아무리 한들 친부모와 같은 수는 없는지라. 내 근심을 다 감추고 좋은 기색만 보이는 것이 내 도리에 옳을 터이라.'

하고 옥순이 그런 생각을 하면서 다시 아니 울 듯이 눈물을 썩썩 씻고, 고개를 들어서 오던 길을 다시 바라보니 망망한 바다 위에 화륜선 연기만 비꼈더라.

옥순이 잠시간 화륜선 갑판 위에 나와 구경할 때라도 그런 근심 그런 생각을 하는 터이라. 고요한 밤 베개 위와 적적한 곳에 혼자 있을 때는 더구나 옥순의 근심거리라.

김정수의 자는 치일이니 최병도와 지기하던 친구라. 내 몸을 가볍게 여기고 나라를 소중하게 아는 사람인데, 김 씨가 천성이 그런 사람이 아니라 최 씨에게서 천하 형세를 자세히 들어 안 이후로 어지러운 꿈 깨듯이 완고의 마음을 버리고 세상을 자세히 살펴보는 사람이요, 최 씨는 김옥균의 고담준론(高談峻論)을 얻어들은 후에 크게 깨달은 일이 있어서 나라를 붙들고 백성을 살릴 생각이 도저하나 일개 강릉 김 서방이라. 지체가 좋지 못하면 사람 축에 들지 못하는 조선 사람 되어, 아무리 경천위지(經天緯地)하는 재주가 있기로 어찌할 수 없는 고로 고향에 돌아가서 재물 모으기를 시작하였는데, 그 재물을 모으려는 뜻은 호의호식하고 호강하려는 것이 아니라, 그 재물을 모을 만치 모은 후에 유지한 사람 몇이든지 데리고 외국에 가서 공부도 시키고, 최 씨는 김옥균과 같이 우리나라 정치 개혁하기를 경영하려 하던 최병도라.

김 씨가 최병도가 죽은 후에 백아가 종자기 죽은 후에 거문고 줄을 끊듯이 세상일을 단망(斷望)하고 있는 중에, 본평 부인이 그 남편의 유언을 전하는 것을 듣더니, 김 씨의 눈에서 강개한 눈물이 떨어지고 최 씨의 부탁을 저버릴 마음이 없었더라.

최 씨가 세 가지 유언이 있었는데, 하나는 세상을 원망한 말이요, 또 하나는 친구 김정수에게 전하여 달라는 말이요, 또 하나는 그 부인에게 부탁한 말이라.

세상을 원망한 말은 최병도가 마지막 세상을 버리는 사람이 되어 말을 가리지 아니하고 함부로 한 터이라. 인구전파(因口傳播)하기가 어려운 마디가 많이 있었는데, 누가 듣든지 최 씨와 김 씨의 교분을 부러워하고 칭찬한다.

김 씨에게 전하라는 말도 또한 세상에 관계되는 일이 많은 고로, 그 말을 얻어들은 사람들이 수군수군하고 쉬쉬하다가, 그 말은 필경 경금 동네서 스러지고 세상에 전하지 아니하였고, 다만 그 부인에게 부탁한 말만 전하였더라.

"나는 천 석 추수를 하는 사람이요, 치일은 조석을 굶는 사람이라. 내가 죽은 후에 내 재물로 치일과 같이 먹고 살게 하고, 내 세간을 늘리든지 줄이든지 치일의 지휘대로만 하고, 또 마누라가 산월이 머지 아니하니 자녀 간에 무엇을 낳든지 자식 부탁을 치일이에게 하라."

하면서 마지막 눈물을 떨어뜨리고 운명을 하였는지라.

본평 부인이 실진하기 전부터 김 씨가 최 씨의 집 일을 제 집 일보다 십 배 백 배를 힘써서 보던 터인데, 본평 부인이 실진할 때는 옥순이 불과 여덟 살이라. 최 씨의 집 일이 더욱 망창하게 된 고로, 김 씨가 최 씨의 집 논문서까지 자기의 집에 옮겨 두고 최 씨 집에서 쓰는 시량범절(柴糧凡節)까지라도 김 씨가 차하하는 터이라. 형세가 늘면 어찌 그렇게 쉬 늘던지 최병도가 죽은 지 일곱 해 만에 최병도 집 형세는 삼사 배가 더 늘었더라.

최 씨는 죽고 그 부인은 그런 병이 들었으니 화패가 연첩(連疊)한 집에 패가하기가 쉬울 터인데 형세가 그렇게 느 것은 이상한 일이나, 김 씨가 최 씨 집 재물을 가지고 세간살이 하는 것을 보면 그 세간이 늘 수밖에 없는지라. 가령 천 석 추수를 하면, 백 석쯤 가지고 최 씨와 김 씨 두 집에서 먹고 살아도 남는 터이라, 구백 석은 팔아서 논을 사니 연년이 추수가 늘기 시작하여 그 형세가 불 일어나듯 하였는데, 옥남이 일곱 살 되던 해에 그 어머니를 만나 본 후로 옥순 남매가 밤낮 울기만 하고 서로 떨어져 있지 아니하려는 고로, 김 씨가 최병도 생전에 모은 재산만 남겨 두고, 김 씨의 손으로 늘인 전장은 다 팔아서 그 돈으로 옥남 남매를 미국에 유학시키러 가는 길이라. 워싱턴에 데리고 가서 번화하고 경치 좋은 곳은 대강 구경시킨 후에 옥순 남매가 공부할 배치를 다 하여 주었는데, 옥남은 어린아이라 좋은 구경에 정신이 팔려서 집 생각을 아니하나, 옥순은 꽃을 보아도 눈물을 머금고 보고, 달을 보아도 눈물을 머금고 보고, 박물관·동물원같이 번화한 구경을 할 때에도 경황없이 다니면서 고국 생각만 한다.

김 씨가 고향을 떠나서 오래 있기가 어려운 사정이나 기간사는 전혀 생각지 아니하고, 옥순 남매를 공부 성취시킬 마음과, 자기도 연부역강(年富力强)한 터이라, 아무쪼록 지식을 늘릴 도리에 힘을 쓰고 있는지라. 그렇게 다섯 해를 있는데, 물가 비싼 워싱턴에서 세 사람의 학비가 적지 아니한지라. 또 옥순 남매를 아무쪼록 고생 아니 되도록 할 작정으로 의외의 돈이 너무 많이 쓰인 고로 십여 년 예산이 불과 다섯 해에 거진 다 쓰이고 몇 달 후면 학비가 떨어질 모양이라. 본래 김 씨가 경금서 떠날 때에 또 최 씨 집이 추수하는 것을 연년이 작전(作錢)하여 늘리도록 그 아들에게 지휘하고 온 일이 있는데, 김 씨가 떠날 때는 그 아들의 나이 스물한 살이라. 그 후에 다섯 해가 지났으니 그때 나이 스물여섯 살이라. 김 씨 생각에, '내가 집에 있어서 그 일을 본 이만은 못하더라도, 그 후에 우리나라의 곡가가 점점 고등하였으니 내 지휘대로만 하였으면 돈이 많이 모였을 듯하여, 김 씨가 학비를 구처할 마음으로 고국에 돌아오는데 왕환 동안은 속하면 반년이요, 더디더라도 팔구 삭에 지나지 아니한다.' 하고, 옥순 남매와 작별하였더라.

김 씨가 고국에 돌아와서 본즉 최 씨 집에는 전과 같은 일도 있고, 전만 못한 일도 있다.

본평 부인의 실진한 병은 전과 같아 살아 있을 뿐이요, 그 집의 재물은 바싹 졸아서 전만 못하게 되었더라. 김 씨가 다시 자기 집 일을 살펴보니, 뜻밖에 전보다 다른 것이 두 가지라. 한 가지는 그 아들의 난봉이 늘고, 또 한 가지는 그 아들의 거짓말이 썩 대단히 늘었더라.

부모가 태산같이 믿고 일가친척이 칭찬하고 동네 사람들이 우러러보던 그 아들이 그다지 그렇게 될 줄은 꿈 밖이라, 제 마음으로 그렇게 되었던가, 남의 꼬임에 빠져서 그렇게 되었던가? 제 마음이 글러서 그렇게 된 것도 아니요, 남이 꾀어서 그렇게 된 것도 아니라. 그러면 어찌하여 그렇게 되었던가? 그때는 갑오 이후라, 관제가 변하여 각 읍의 원은 군수가 되고, 팔도는 십삼도 관찰부가 된 때라. 어떤 부처님 같은 강릉 군수가 내려왔는데, 뒷줄이 튼튼치 못한 고로, 백성의 돈을 펼쳐 놓고 뺏어 먹지는 못하나, 소문 없이 갉아먹는 재주는 신통한 사람이라. 경금 사는 김정수의 아들이 남의 돈이라도 수중에 돈천 돈만이나 좋이 가지고 있다는 소문을 듣고 존문(存問)을 하여 불러들여서 치켜세우고, 올려 세우고, 대접을 썩 잘하면서 돈 몇천 냥만 꾸어 달라 하니, 김 소년의 생각에 그 시행을 아니하면 하늘 모르는 벼락을 맞을 듯하여 겁이 나서 강릉 원에게 돈 몇 천 냥을 소문 없이 주고, 벙어리 냉가슴 앓듯 하고 있는 중에 강릉 군수보다 존장 할아비 치게 세력 있는 관찰사가 불러다가 웃으며 뺨치듯이 면새 좋게 뺏어 먹는 통에, 김 소년이 최 씨 집 추수 작전한 돈을 제 것같이 다 써 없애고 혼자 심려가 되어 별궁리를 다 하다가, 허욕이 버썩 나서 그 모친이 맡아 가지고 있는 최 씨 집 논문서를 꺼내다가 빚을 몇 만 냥을 얻어 가지고 울진으로 장사하러 내려가서 한 번 장사에 두 손 톡톡 털고 돌아왔더라.

처음에 장사에 나설 때는 이번 장사에 군수와 관찰사에게 취하여 준 돈을 어렵지 아니하게 벌충이 되리라 싶은 마음뿐이러니, 울진에 가서 어살을 하다가 생선 비린내만 맡고 돈은 물속에 다 풀어 넣고, 장사라 하면 진저리치게 되었는데, 그렇게 낭패 본 것을 그 부친에게 알리지 아니하고 편지할 때마다 거짓말만 하였더라.

본래 착실하던 사람이 거짓말하기 시작하면 엉터리없는 거짓말이 그렇게 잘 늘던지, 김 소년이 저의 부친에게만 그렇게 거짓말하는 것이 아니라 남에게까지 거짓말을 하고 빚을 상투모가 넘도록 졌는데, 최 씨 집 재산을 결딴내 놓고 사람을 속여 먹으려고 눈이 뒤집혀 다니는 모양이라.

김정수가 기가 막혀서 말이 아니 나오는데, 아들이 난봉된 것은 오히려 둘째가 되고, 옥순 남매가 몇만 리 밖에서 굶어 죽게 된 일을 생각하면 잠이 아니 온다. 옥순 남매를 데려올 작정으로 노자를 판출(辦出)하려는데, 본래 김 씨는 가난한 사람으로 최 씨의 재물을 맡은 후에는 남에게 신용이 생겼더니 최 씨 집 재물이 없어진 후에 그 신용이 떨어질 뿐 아니라, 그 아들이 난봉 패호한 후에 동네 사람의 물의가, 김치일의 부자는 최 씨 집을 망하게 하려는 사람이라고 소문이 떡 벌어졌는데, 누구더러 돈 한 푼 꾸어 달라 할 수도 없이 되고, 섣불리 그런 말을 하면 남에게 욕만 더 얻어먹을 모양이라.

김 씨가 며칠 밤을 잠을 못 자고 헛경륜만 하다가 화가 어찌 몹시 나던지 조석 밥은 본 체도 아니하고 날마다 먹느니 술뿐이라, 술이 깨면 별걱정이 다 생기다가 술을 잔뜩 먹고 혼몽 천지가 되면 아무 걱정 없이 팔자 좋게 세월을 보내는 터이라.

김 씨가 집에 돌아온 지 몇 달 동안에 술 취하지 아니하는 날이 한 달 삼십 일 동안에 몇 시가 못 되더니 필경에는 그 몇 시간 동안에 정신 있던 것도 없어지고 세상을 아주 모르게 되었다.

술을 먹어 정신을 모르는 것이 아니요, 병이 들어 정신을 모르는 것도 아니라, 긴 잠이 길게 들어서 이 세상을 모르게 되었더라.

그 전날까지도 고래 물켜듯이 술을 먹던 터이요, 아무 병 없이 사지백체(四肢百體)가 무양하던 터이라, 병 없이 죽었으나 죽는 것이 병이라. 김 씨가 죽던 전날 그 부인과 아들을 불러 앉히고 옥순 남매를 데려올 말을 하는데 순리의 말은 별로 없고 억지 말만 있었더라.

몇 푼짜리 되지도 아니하는 집을 팔면 옥순 남매를 데려올 듯이, 집도 팔고 식구마다 남의 종으로 팔려서 그 돈으로 옥순 남매를 데려오겠다 하면서, 코를 칵칵 지지르는 독한 소주를 말 물켜듯 하는데, 그때가 여름 삼복중이라, 하루 종일 소주만 먹더니 날이 어슬하게 저물 때 앞뒷문을 활짝 열어 놓고 자다가,

몸에 불이 일어날 듯이 번열증이 나서 냉수를 찾는데, 미처 대답할 새가 없이 재촉하여 냉수를 떠 오라 하더니 냉수 한 사발을 한숨에 먹고 콧구멍에 새파란 불이 나면서 당장에 죽었더라.

김 씨는 옛 사람이 되었으나, 지금 이 세상에 밤낮으로 기다리고 있는 사람은 옥순과 옥남이라. 김 씨 집에서 김 씨가 죽었다고 옥순에게로 즉시 전보나 하였으면 단념하고 기다리지 아니할 터이나, 김 씨 아들이 시골서 생장한 사람이라, 전보할 생각도 아니하고 있는 고로 김 씨가 죽은 지 오륙 삭이 되도록 옥순은 전연 모르고 있었더라.

옥순 남매가 학비가 떨어져서 사고무친(四顧無親)한 만리타국에서 굶어 죽을 지경이라. 편지를 몇 번 부쳤으나 답장 한 장이 없더니, 하루는 옥남이 우편으로 온 편지 한 장을 받아 들고 들어오면서 좋아서 펄펄 뛰며,

"누님 누님, 조선서 편지 왔소. 어서 좀 뜯어보오."

하면서 옥순의 앞에 놓는데, 옥순이 어찌나 반갑고 좋던지 겉봉에 쓴 것도 자세히 보지 아니하고 뚝 떼어 보니 편지한 사람은 김 씨의 아들이요, 편지 사연은 김 씨가 죽었다는 통부라.

그때 옥순은 열아홉 살이요, 옥남은 열두 살이라. 부모같이 알던 김 씨의 통부를 듣고 효자, 효녀가 상제된 것과 같이 서러워하다가 그 설움은 잠깐이어니와 돈 한 푼 없는 옥순 남매가

제 설움이 생긴다.

정신병이 들어서 아무것도 모르는 어머니를 살아 있을 때에 한 번 다시 만나 볼까 하였더니, 그 어머니 죽기 전에 옥순 남매가 먼저 죽을 지경이라. 옥순이 옥남을 붙들고 울며,

"이애 옥남아, 세상에 우리 남매같이 기박한 팔자가 또 어디 있단 말이냐! 돌아가신 아버지 일을 생각하든지, 살아 계신 어머니 일을 생각하든지, 우리 남매는 일평생에 한 덩어리로 자라나서, 아버지 산소에 한 번도 못 가 보고 어머니 얼굴을 한 번 다시 못 보고 여기서 죽는단 말이냐? 어머니 생전에 우리가 먼저 죽으면 불효가 막심하나 만리타국에 와서 먹을 것 없이 어찌 산단 말이냐?"

하면서 울다가, 옥순 남매가 자결하여 죽을 작정으로 나섰더라. 옥순 남매는 본래 총명한 아이인 데다 김 씨가 어찌 잘 인도하였던지 어린아이들의 마음일지라도 아무쪼록 남보다 공부를 잘하여 고국에 들어간 후에 나라에 유익한 백성이 될 마음이 골똘하여 일심전력으로 공부를 하였는데, 옥순은 옥남이보다 일곱 살이나 더하나, 고국에 있을 때에 아무 공부 없기는 일반이라. 미국 가서 심상소학교에도 같이 들어갔고 심상과 졸업도 같이하고, 그때 고등소학교 일 년생으로 있는데, 공부 정도는 같으나 열두 살 된 아이와 열아홉 살 된 아이의 지각 범절은 현연

히 다른지라.

그 아버지를 생각하기도 옥순이 더하고, 그 어머니 정경을 생각하는 것도 옥순이 더하는 터인데, 더구나 옥순은 여자의 성정이라 어린 동생을 데리고 죽으려 할 때에 그 서러워하는 마음은 옥순더러 말하라 하더라도 형용하여 다 말하지 못할지라.

기숙하던 호텔은 다섯 해 동안에 주객지의(主客之誼)가 있었는데, 김 씨가 옥순 남매를 데리고 돈을 흔히 쓰고 있을 때는 그 호텔 주인은 형제같이 친하게 지내고 보이들은 수족같이 말을 잘 듣더니, 학비가 떨어지고 호텔 주인에게 요리 값을 못 주게 된 후에는 형제 같던 주인이나, 수족 같던 보이나 별안간에 변하기로 그렇게 대단히 변하던지, 돈 없이는 하루라도 그 집에 있을 수가 없는 터이라.

그러나 호텔에서 두어 달 동안이나 외자로 먹고 있기는, 주인의 생각에 옥순의 집에서 돈을 정녕 보내 주려니 여기고 있는 고로, 옥순 남매가 그날 그때까지 그 집에 있던 터이라.

대체 옥순 남매가 그렇게 두어 달을 지낸 끝이라, 십 리만 가려 하더라도 전차 탈 돈도 없고, 다만 있는 것은 옥순의 금시계 하나와 금반지 하나뿐이라. 옥순 남매가 그 호텔 주인에게 어디로 간다는 말도 없이 가만히 나섰는데, 그 길은 죽으러 가는 길이라.

지는 해는 서천에 걸렸는데 내왕하는 행인은 사회에서 일을 마치고 돌아가는 사람들이라. 옥순 남매가 해 지기를 기다려서 기차 철로로 향하여 가는데, 사람의 자취가 드문 곳으로만 찾아간다. 땅은 검을락 말락 하고 열 간 동안에 사람은 보일락 말락 한데, 옥순 남매가 철도 옆 언덕 위에서 철도를 내려다보며 기차 지나가기를 기다린다. 옥순이 옥남의 손목을 붙들고 울며,

"이애 옥남아, 너는 남자라, 이렇게 죽지 말고 살다가 남의 보이 노릇이라도 하고 하루 몇 시간이든지 공부를 착실히 한 후에 우리나라에 돌아가서, 병든 어머니나 다시 뵙고 어머니 생전에 봉양이나 착실히 할 도리를 하여 보아라. 나는 여자라, 살아 있더라도 우리 최가의 집에 쓸데없는 인생이니, 죽으나 사나 소중한 것 없는 사람이나, 너는 아무쪼록 살았다가 조상의 뫼나 묵지 말게 하여라."

"여보 누님, 우리나라 이천만 생명의 성쇠가 달린 나라가 결딴나게 된 생각은 아니하고, 최가의 집 하나 망하는 것만 그리 대단히 아오? 내가 살았다가 우리나라 일이나 잘하여 볼 도리가 있으면 보이 노릇은 고사하고 개 노릇이라도 하겠소마는, 최씨의 뫼가 묵는 것은 꿈같소."

"오냐, 기특한 말이다. 네 마음이 그러할수록 죽지 말고 살았다가 나라를 붙들 도리를 하여 보아라."

"여보 누님, 그 말 마오. 사람이 죽을 마음을 먹을 때에, 오죽 답답하여 죽으려 하겠소? 동양의 영웅이라 하는 김옥균도 우리나라 정치를 개혁하려다가 역적 감태기만 뒤집어쓰고 죽었는데, 나 같은 위인이야 무슨 국량(局量)이 있어서 나라를 붙들어 볼 수 있소? 미국 와서 먹을 것 없어서 고생되는 김에 진작 죽는 것이 편하지. 누님이나 고생을 참고 남의 집에 가서 심부름이나 하고 밥이나 얻어먹고 살아 보오."

그 말이 마치지 못하여 기차 하나가 풍우같이 몰려들어 오는데, 옥남이 언덕 위에 도사리고 섰다가 눈을 딱 감고 철로로 내리뛰니, 옥순이 따라서 철로에 떨어지는데, 웬 사람이 언덕 아래서 소리를 지르고 쫓아오나, 그 사람이 언덕에 올라올 동안에 살같이 빠른 기차는 벌써 그 언덕 앞을 지나간다. 그 후 이틀 만에 워싱턴 어느 신문에,

조선 학생 결사 미수

재작일 오후 칠 시에 조선 학생 최옥남 연 십이, 여학생 최옥순 연 십구, 학비가 떨어짐을 고민히 여겨서, 철도에 떨어져서 죽으려다가 캘라베르 씨에게 구조되었다. 그 학생이 언덕 위에서 수작할 때에, 그 동정을 수상히 여겨서 가만히 언덕 밑에 가서 들으나 말을 알아듣지 못하는 고로 먼저 동정을 살피던 차

에, 그 학생이 기차가 지나가는 걸 보고 철로에 떨어졌는지라. 급히 쫓아가 보니, 원래 그 언덕은 불과 반 길쯤 되고 철로는 쌍선이라 언덕 밑 선로는 북행차의 선로요, 그 다음 선로는 남행차의 선로인데 그 학생이 남행차 지나가는 것을 보고, 그 차가 언덕 밑 선로로 가는 줄 알고 떨어졌다가 구한 바 되었다더라.

그러한 신문이 돌아다니는데, 그 신문 잡보를 유심히 보고 그 정경을 불쌍히 여기는 사람이 있다. 그 사람의 이름은 시에키 아나스인데, 하느님을 아버지 삼고 세계 인종을 형제같이 사랑하고 예수교를 실심으로 믿는 사람이라. 신문을 보다가 옥순 남매에게 자선심이 나서, 그길로 옥순 남매를 찾아 데려다가, 몇 해든지 공부할 동안에 학비를 대어 주마 하니, 그때 옥순과 옥남의 마음은 공부할 생각보다 고국에나 돌아가도록 하여 주었으면 좋겠다 싶은 마음이 있으나, 시에키 아나스는 공부를 주장하여 말하는 고로, 옥순 남매가 고국에 가고 싶다는 말은 차마 하지 못하고, 미국에서 다시 공부를 한다.

본래 옥순과 옥남은 김 씨 살았을 때 학과서는 학교에 다니며 배웠으나, 마음공부는 김 씨의 교육을 받은 사람이라. 성은 각성이나 김 씨가 옥순 남매에게 부형 같은 사람이라, 옥순 남매가 김 씨의 교육받은 것을 가정 교육이라 하여도 가한 말이라.

그 마음교육이라 하는 것은 어떠한 마음인고?

본래 최병도와 김정수는 국가 사상이 머리에 가득 찬 사람이라. 만일 최 씨가 오래 살았더면, 김 씨와 같이 나랏일에 죽었을 사람이라. 그러나 최 씨가 죽은 후에 외손뼉이 울기 어려운지라, 김 씨가 강릉 구석 산 두멧골에서 제 재물이라고는 돈 한 푼 없이 지내면서 꼼짝할 수도 없는 중에 저버릴 수 없는 최 씨의 유언으로 최 씨의 집을 보아 주느라고 헤어나지를 못한 고로, 세상에서 김 씨의 유지한 줄을 몰랐더라. 그러한 위인으로 일평생에 뜻을 얻지 못하여 말이 나오면 불평한 말뿐인데 그 불평한 말인즉, 국가를 위하는 말이라.

옥순과 옥남이 자라나는 새 정신에 날마다 듣느니 국가를 위하는 말뿐인 고로, 옥순과 옥남은 나라라 하는 말이 뇌에 박히고 정신에 젖었더라. 그 후에는 다시 시에키 아나스의 교육을 받더니 마음이 한층 더 넓어지고, 목적 범위가 한층 더 커져서, 천하를 한집같이 알고 사해를 형제같이 여겨서, 몸은 덕의상에 두고 마음은 인애적으로 가져서 구구한 생각이 없고 활발한 마음이 생기더니, 학문에 낙을 붙여서 고향 생각을 잊어 버린다.

그러나 그것은 옥남의 마음이 그러하단 말이요, 옥순의 일은 아니라. 옥순은 여자의 편성(偏性)으로 처음에 먹었던 마음이 조금도 변치 아니하였는데, 그 처음에 먹었던 마음은 무슨 마음

105

인고? 고국을 바라보고 오장이 살살 녹는 듯한 근심하는 마음이라.

아버지가 강원 감영에 잡혀가던 모양도 눈에 선하고, 어머니가 자신을 붙들고 기가 막혀 울던 모양도 눈에 선하고, 아버지가 대관령 위에서 운명하던 모양도 눈에 선하고, 어머니가 옥남을 낳고 실진하던 모양도 눈에 선하고, 김 씨 부인이 옥남을 데리고 왔을 때에 어머니가 옥남을 몰라 보고, 베개에 식칼을 꽂아 놓고 강원 감사의 이름을 부르면서 원수 갚는다 하던 모양도 눈에 선하다.

그렇게 하는 근심이 끊어지다가 이어나고, 스러지다가 생겨난다. 바라보는 것은 고국산천이요, 생각하는 것은 그 어머니라. 공부도 그만두고 하루바삐 고국에 가고 싶으나 시에키 아나스에게 이런 발설을 하기 어려운 터이라.

근심으로 날을 보내고 근심으로 해를 보내는데, 그렇게 보내는 세월 가운데 옥순 남매가 고등소학교를 마치고 졸업장을 타 가지고 와서 졸업장을 펴놓고 마주 앉아서 옥순이 옥남을 돌아다보며,

"이애 옥남아, 사람이 무엇을 위하여 공부를 하느냐? 우리가 외국에 와서 오래 공부만 하고 있을 수도 없는 정세가 아니냐? 어머니가 본마음을 가지고 계시더라도 자식 된 도리에 여러 해

를 슬하에 떠나 있으면 어머니 보고 싶은 마음이 간절할 터인데, 하물며 우리 어머니는 남다른 병환이 들어서 생활의 낙을 모르고 살아 계시니, 우리가 공부는 그만하고 고국에 돌아가서 어머니 생전에 병구원이나 하여 드리자. 너는 어머니를 떠나서 유모의 집에서 일곱 살이 되도록 어머니 얼굴도 모르다가 일곱 살 되던 해에 어머니를 처음 뵈옵고 그 후에 즉시 미국에 와서 있으니 어머니 정경을 다 모르는 터이라, 이애 옥남아."

부르다가 목이 메어서 말을 못하고 흑흑 느끼니, 옥남이 마주 우는데 눈물이 비 오듯 한다. 옥순이 한참 진정하고 다시 말 시작을 하는데, 옥순은 하던 말을 다 마칠 마음으로 느끼던 소리와 솟아나던 눈물을 억지로 참고 말을 하나 옥남은 의구히 낙루한다.

"이애 옥남아, 자세히 들어보아라. 사람이 귀로 듣는 일과 눈으로 보는 일이 다르니라. 너는 우리 집 일을 귀로 들어 알았거니와, 나는 내 눈으로 낱낱이 보고 아는 일이라. 아버지께서 그렇게 원통히 돌아가시고, 어머니께서는 그 원통한 일로 인연하여 그런 몹쓸 병환 중에 지내시던 일은 원통히 돌아가신 아버지보다 몇 갑절이나 불쌍하신 신세라. 이애 옥남아, 이야기 하나 들어보아라. 어머니 병드시던 이듬해에 우리 집에 조그마한 강아지가 있었는데, 그 강아지가 어디서 북어 대강이 하나를 물고

오더니 납죽이 엎드려서 앞발로 북어 대강이를 누르고 한참 재미있게 뜯어먹는데, 웬 청삽사리 개 한 마리가 오더니 강아지를 노려보며 드문드문한 하얀 이빨이 엉크렇게 드러나도록 아가리를 벌리고 응응 소리를 하다가 와락 달려들어 강아지를 물어박지르고 북어 대가리를 뺏어 가니 누가 보든지 그 큰 개가 밉살스럽기는 하지마는, 우리 어머니는 남다른 한을 품고 남다른 병이 들어서 무엇이 무엇인지 모르고 지내시던 터에, 개가 강아지를 물어박지르는 것을 보고 별안간에 실진하셨던 병 증세가 더 복발이 되어서 하시는 말이, '저놈이 강원 감사로구나! 남을 물어박지르고 먹을 것을 뺏어 가니, 그래 만만한 놈은 먹고 살지도 말란 말이냐? 이 몹쓸 놈아, 네가 강원 감사로 있어서 백성을 다 죽여 내더니 강아지까지 못살게 구느냐? 이놈, 나도 네게 원수 척을 지은 사람이라, 내가 오늘 네 원수를 갚겠다.' 하시더니 소리를 버럭버럭 지르면서 개를 쫓아가시는데 그때는 겨울이라, 어머니 가신 곳을 알지 못하여 온 집안사람이 있는 대로 다 나서서 어머니를 찾으러 다니느라고 하룻밤을 새웠다. 그러하던 어머니를 우리가 이렇게 떠나서 있는 것이 자식 된 도리가 아니라. 이애, 별생각 말고 시에키 씨더러 말하고 고국으로 돌아갈 도리를 하자. 이애 옥남아, 나는 몸이 여기 있으나, 내 눈에는 어머니가 실진하여 하시던 모양만 눈에 선하다."

하면서 다시 느껴 운다. 옥남이 한참 동안을 앉아 울다가 주먹으로 테이블 바닥이 쪼개지도록 내리치더니, 양복 포켓 속에서 착착 접은 하얀 수건을 내서 눈물을 썩썩 훔치고, 눈방울을 두리두리하게 굴리고 이를 악물고 앉았더니 다시 기운을 내어서 천연히 말한다.

"여보 누님, 누님이 문명한 나라에 와서 문명한 신학문을 배웠으니 문명한 생각으로 문명한 사업을 하지 아니하면 못씁니다. 누님, 누님이 내 말을 좀 자세히 들어보시오. 사람이 부모에게 효성을 하려면 부모 앞에서 부모 봉양만 하고 들어앉았는 것이 효성이 아니라, 부모의 은혜를 받은 이 몸이 나라의 국민의 의무를 지키고 국민의 직분을 다하는 것이 부모에게 효성이라. 우리나라에는 세도재상이니, 별입시이니, 땅별입시니, 무엇이니, 무엇이니 하는 사람들이 성인 같으신 임금의 총명을 옹폐(壅蔽)하고 국권을 농락하여 나라는 망하든지 흥하든지 제 욕만 채우고 제 살만 찌우려고 백성을 다 죽여 내는 통에, 우리 아버지가 그렇게 몹시 돌아가시고, 우리 어머니도 그 일을 인연하여 그런 몹쓸 병환이 들으셨으니 그 원인을 생각하면 나라의 정치가 그른 곡절이라. 여보, 우리나라에서 원통한 일 당한 사람이 우리뿐 아니라 드러나게 당한 사람도 몇천 몇만 명이요, 무형상으로 죽어나고 녹아나서 삼천리강산에 처량한 빛을 띠고,

이천만 인민이 도탄에 들어서 나라는 쌓아놓은 닭의 알같이 위태하고, 인종은 봄바람에 눈 녹듯 스러져 없어지는 때라. 이 나라를 붙들고 이 백성을 살리려 하면 정치를 개혁하는 데 있는 것이니, 우리는 아무쪼록 공부를 많이 하고 지식을 넓혀서 아무 때든지 개혁당이 되어서 나라의 사업을 하는 것이 부모에게 효성하는 것이오. 여보 누님, 우리가 지금 고국에 돌아가서 어머니를 뫼시고 있더라도 어머니 병환이 나으실 리도 없고, 아버지 산소에 가도 아버지가 살아오실 리가 없으니, 아무리 우리 집에 박절한 사정이 있더라도 그 박절한 사정을 돌아보지 말고 국민 동포에게 공익을 위하여 공부를 더하고 있읍시다. 우리나라의 일만 잘되면 눈을 못 감고 돌아가신 아버지께서 지하에서 눈을 감을 것이요, 철천지한(徹天之恨)을 품고 실진까지 되셨던 어머니께서도 한이 풀리면 병환이 나으실는지도 모를 일이니, 어머니를 위할 생각을 그만하고 나라 위할 도리를 하시오. 누님이 만일 그런 생각이 잦고 하루바삐 고국에 돌아가서 어머니나 뵙고 누님이 시집이나 가서 편히 잘살려는 생각이 간절하거든 오늘일지라도 떠나가시오. 노잣돈은 아무 때든지 시에키 씨에게 신세 짓기는 일반이니, 내가 말하여 얻어 드리리라."

옥순이 그 말을 듣고 가만히 앉아 생각을 하더니 옥남의 말을 옳게 여겨 근심을 참고 공부에 착심하여 해외 풍상에 몇 해를 더 지냈던지, 옥순은 사범 학교까지 졸업한 후에 근심을 잊어 버리기 위하여 음악 학교에서 공부하고, 옥남은 중학교를 마친 후에 경제학을 공부하면서 한편으로 사회철학을 깊이 연구하고 있더라.

백면서생의 책상머리는 반딧불 창과, 눈 쌓인 밤에 어느 때든지 맑고 고요치 아니한 때가 없지마는, 세계 풍운은 날로 변하는 때라. 더구나 우리나라에서는 세상이 어찌되어 가는지 모르고 괴상 극악한 짓만 하다가, 세계 풍운이 변하는 서슬에 정신이 번쩍번쩍 나는 판이라. 러일 전쟁 이후로 옥남이 신문을 정신 들여 날마다 보는데 볼 때마다 속만 터진다. 어찌하여 그렇게 속이 터지는고?

옥남의 마음에 우리나라 일은 놀부의 박 타듯이 박은 타는데 경만 치게 된 판이라고 생각한다. 박을 타는 것 같다 하는 말은 웬 말인고? 옛날 놀부의 마음이 동포 형제는 다 빌어먹게 되더라도 남의 것을 뺏어서 내 재물만 삼으면 좋을 줄로 알던 사람이라.

일평생에 악한 기운이 두리두리 뭉쳐서 바람 풍 자 세 가지 쓰인 박씨 하나가 되었더라. 그 바람 풍 자 풀기를 올풍·졸풍·망풍이라 하였으나, 옥남이 같은 신학문 있는 사람의 마음에는 그 바람 풍 자가 북풍이 아니면 서풍이요, 서풍이 아니면 남풍이라. 대체로는 바람에 경을 치든지 큰 바람이 불고 말리라 싶은 생각이나, 바람이 불기 전에는 어느 바람이 불는지 모르는 것이요, 박을 타기 전에는 무엇이 나올지 모르는 터라.

대체 그 박씨가 어느 바람에 불려 온 것인고? 한식 동풍에 어류가 비꼈는데, 왕사당전에 날아드는 제비들이 공량에 높이 앉아 남남히 지저귀고 강남 소식을 전하면서 박씨를 떨어뜨린다.

주인이 그 박씨를 주워다가 심었는데 조물이 거름을 어찌 잘하였든지 넝쿨마다 마디지고, 마디마다 꽃이 피고, 꽃마다 열매 맺어, 낱낱이 잘 굳으니 그 박이 박복한 박이라. 팔월단호(八月斷瓠) 팔월에 박을 따서 놀부가 그 박을 타는데, 톱질을 하여도 합질할 생각으로 박을 타더라.

한 통을 타면 초상상제(初喪喪制)가 나오고, 또 한 통을 타면 장비가 나오고, 또 한 통을 타면 상전이 나오니, 나머지 박은 겁이 나서 감히 탈 생각을 못하나 기왕에 열려서 굳은 박이라, 놀부가 타지 아니하더라도 제가 저절로 터지더라도 박 속에 든 물건은 다 나오고 말 모양이라.

놀부가 필경 패가하고 신세까지 망쳤는데, 도덕 있고 우애 있는 흥부의 덕으로 집을 보전한 일이 있었더라. 그러한 말은 허무한 옛말이라. 지금 같은 문명한 세상에 물리학으로 볼진대 박 속에서 장비도 나오고 상전도 나올 이치가 없으니, 옥남이 그 말을 참말로 믿는 것이 아니라.

그러나 옥남의 마음에 옛날 우리나라에 이학박사가 있어서 우리나라 개국 오백 년 전후사를 추측하고 비유하여 지은 말인가 보다, 그렇게 생각하여 의심나고 두려운 마음으로 주야 잊지 못하는 것이 옥남의 일편 충심이라.

옥남의 마음에 우리나라에는 놀부의 천지라 세도재상도 놀부의 심장이요, 각 도 관찰사도 놀부의 심장이요, 각 읍 수령도 놀부의 심장이라. 하루바삐 개혁당이 나서서 일반 정치를 개혁하는 때에는 저 허다한 놀부 떼가 일시에 박을 타고 들어앉았으려니 생각한다.

옥남은 날마다 때마다 우리나라가 개혁되기만 기다리는데, 그 기다리는 것은 놀부 떼를 미워서 개혁되기를 기다리는 것도 아니요, 국가의 미래 중흥을 바라고 인민의 목하도탄(目下塗炭)을 면하게 되는 것을 바라는 마음이라. 그러나 우리나라 일은 깊은 잠 어지러운 꿈과 같아 불러도 아니 깨고 몽둥이로 때려도 아니 깨는 터이라. 어느 때든지 하늘이 뒤집히도록 천변이 나고 벼락불이 뚝뚝 떨어지기 전에는 저 꿈 깨기가 어려우리라 싶은 것도 옥남의 생각이라.

서력 1907년은 우리나라 개국 560년이라. 그해 여름이 되었는데 하늘에서는 불빛이 뚝뚝 떨어진다. 그 불빛이 미국 워싱턴 어느 호텔 객실에 비치었는데, 그 객실은 동남향이라. 동남 유리창에 아침볕이 들이쪼인다.

그 유리창 안에는 백포장을 드리웠고, 백포장 밑에는 침대가 놓였고, 침대 위에는 여학생이 누웠는데 그 여학생은 옥순이라. 옥 같은 얼굴이 아침볕 더운 기운에 선앵둣빛같이 익어서 도화색이 지고, 땀이 송송 나서 해당화에 이슬 맺힌 듯하였는데 어여쁘기는 일색이나, 자세히 보면 얼굴에 나이가 들어서 삼십이 가까운 모양이라. 그루잠을 곤히 자다가 기지개를 켜고 눈을 떠서 벽상에 걸린 자명종을 쳐다보더니 바스스 일어나며,

"에그, 벌써 여덟 시가 되었구나. 아무리 일요일이라도 너무 염치없이 잤구나."

하면서 옷을 고쳐 입고 세수하고 식전에 하는 절차를 다 한 후에 거울을 들여다보다가 탄식을 한다.

"세월도 쉽다, 내가 벌써 이렇게 되었단 말인가? 아버지 돌아가시던 해에 어머니 나이 지금 내 나이쯤 되셨고, 나는 그때 불과 여덟 살이러니, 내가 자라서 이렇게 되었으니 어머니께서 얼마나 늙으셨누? 사람이 세상에 생겨나려거든 좋은 때에 생겨날 것이지, 무슨 팔자가 그리 기박하여 이런 때에 생겨났던고? 희호세계(熙皞世界)에 나서 밭 갈아먹고 우물 파 마시고 재력을 모르던 백성은 아버지같이 원통히 죽은 사람도 없을 것이요. 우

리 어머니같이 포원하고 미친 사람도 없으렷다. 에그……."

하다가 말끝을 마치지 아니하고 아무 소리 없이 앉았는데 기색이 좋지 못한 모양이라. 문밖에서 문을 뚝뚝 두드리는 소리가 나며 문을 열고 들어오는 사람은 옥남이라. 옥순이 좋지 못하던 얼굴빛을 감추고 천연히 앉았으나, 옥남이 옥순의 기색을 보고 근심하던 눈치를 알았던지 교의 위에 턱 걸터앉으며,

"누님, 오늘 신문 보셨소?"

"이애, 신문이 다 무엇이냐? 지금 일어나 겨우 세수하였다."

"밤에 너무 늦게 주무시면 식전 잠이 많으시지요. 요새는 밤 몇 시까지 공부를 하시오?"

"공부하려고 밤을 샐 수야 있느냐? 어젯밤에 열두 시까지 책을 보다가 새로 한 시에 드러누웠더니, 어머니 생각이 나기 시작하여 잠이 덧들어서 밤을 새웠다."

"참, 오늘 신문 보셨소? 오늘 신문은 썩 재미있던걸……."

"무엇이 그렇게 재미있단 말이냐? 어느 신문에 무슨 말이 있단 말이냐?"

하며 테이블 위에 놓인 신문을 보려 하니, 옥남이 신문지를 누르면서 말한다.

"여보시오 누님, 여러 신문을 다 찾아보려 하면 시간이 더딜 터이니 내게 잠깐 들으시오. 자, 자세히 들어 보시오. 신문 제목

은 여학생의 아침잠이라, 워싱턴 세맨스 호텔에 투숙한 한국 여학생 최옥순은 동방이 샐 때를 초저녁으로 알고 해가 삼장이 높았을 때를 밤중으로 알고 자는 여학생이라 하였는데, 대체 그 아래 마디까지 다 외지는 못하오."

"이애, 그것은 너의 거짓말이다. 난들 근심을 잊어 버리고 밤에 잠을 잘 자도록 권하려고 네가 나를 조롱하는 말인가 보다. 이애 옥남아, 내가 근심을 하고 싶어서 일부러 하겠느냐? 어젯밤에도 열두 시까지 책을 보다가 침대에 드러누웠더니 우연히 고국 생각이 나기 시작하여 동방에 계명성이 올라오도록 잠 못 이루어 애를 쓰다가 먼동이 틀 때에 겨우 잠이 들었다. 근심을 잊어 버리자고 결심하고 있는데 네 마음이나 잊어 버리지 못하는 내 마음이나 다를 것이 없으니, 나는⋯⋯."

하다가 말을 마치지 못하고 눈물이 옷깃에 떨어진다.

"여보 누님, 다른 말씀 마시고 신문을 좀 보시오."

옥순이 그 소리를 듣더니 참 제 말이 신문에 난 듯이 의심이 나서 급히 신문지를 집어서 앞에다 놓으니, 옥남이 옥순의 앞으로 다가앉으며 각 신문을 뒤적거리다가 옥남의 손가락이 신문지 위에 뚝 떨어지며,

"이것 좀 보시오."

하는 소리에 눈이 동그래지며 옥남의 손가락 가리키는 곳을 본

다. 본래 옥순이 고국 생각을 너무 하고 근심으로 세월을 보내는 고로, 옥남이 옥순을 볼 때마다 웃기고 위로하던 터이라.

그 신문에 기재된 제목은 '한국 대개혁'이라 하였는데, 대황제 폐하 전위하시던 일이라. 옥순이 그 신문을 다 본 후에 옥남과 옥순이 다시 의논이 부산하다.

"이애 옥남아, 세계 각국에 개혁 같은 큰일이 없고 개혁같이 어려운 일은 없는 것이라. 우리나라에서 수십 년 내로 개혁에 착수하던 사람들이 나라에 충성을 극진히 다하였으나, 우리나라 백성은 역적으로 알고 전국 백성은 반대하고 원수같이 미워한 고로, 개혁당의 시조 되는 김옥균 같은 충신도 자객의 암살을 면치 못하였고, 그 후에 허다한 개혁당들도 낱낱이 역적 이름을 듣고 성공치 못하였는데 지금 이렇게 큰 개혁이 되었으니, 네 생각에 앞일이 어찌될 듯하냐?"

옥남이 한참 동안을 말없이 가만히 앉았다가 우연 탄식이라.

"지금이라도 개혁만 잘 되면 몇십 년 후에 회복될 도리가 있지요. 내가 이때까지 누님께 듣기 좋은 말만 하고 조금도 걱정되는 일은 말하지 아니하였더니 오늘 처음으로 내 마음에 있는 말을 다 하리다. 만일 우리나라가 칠십 년 전에 개혁이 되어서 진보를 잘하였다면, 우리나라도 세계 일등 강국이 되어 블라디보스토크에 러시아 사람이 저러한 근거지를 잡기 전에 우리나라가 먼저 착수하였을 것이요, 만일 오십 년 전에 개혁이 되었다면 블라디보스토크는 러시아 사람에게 양도하였으나, 청국 만주는 우리나라 세력 범위 안에 들었을 것이오. 만일 사십 년 전에 개혁이 되었으면 우리나라 육해군의 확장이 아직 일본만 못하나, 또한 당당한 문명국이 되었을 것이오. 만일 삼십 년 전에 개혁이 되었으면 삼십 년 동안에 또한 중등 강국은 되었을지라. 남으로 일본과 동맹국이 되고 북으로 러시아 세력이 뻗어나오는 것을 틀어막고 서로 청국의 내버리는 유리를 취하여 장차 대륙에 전진의 길을 열어서 불과 몇 해에 또한 일등 강국을 기약하였을 것이오. 만일 이십 년 전에 개혁이 되었으면 이십 년 동안에 나라 힘이 크게 떨치지는 못하였더라도 인민의 교육 정도와 생활의 길이 크게 열려서 국가가 독립하는 힘이 유여하였을 것이오. 만일 십 년 전에 개혁이 되었을 지경이면 오호만의(嗚呼晩矣)라, 나랏일 하기가 대단히 어려운 때이라. 비록 남의 힘을 빌지 아니하고 내 힘으로 개혁을 하였더라도 백공천창(百孔天創)의 꿰매지 못할 일이 여러 가지라. 그러나 개혁한 지 십 년만 되었더라도 족히 국가를 보존할 기초가 생겼을 터이라. 그러한즉 우리나라의 개혁 조만이 그 이해가 이러하거늘, 정치 개혁은 아니하고, 도리어 나라 망할 짓만 하였으니 그런 원통한 일이 있소? 지금 우리나라 형편이 어떠하냐 할진대, 말 한마디로 그 형편을 자세히 말하기 어려운지라. 가령 한 사람의 집으로 비유할진대, 세간은 다 판이 나고 자식들은 다 난봉이라, 누가 보든지 그 집은 꼭 망하게만 된 집이라. 비록 새 규모를 정하고 치산을 잘할 도리를 하더라도 어느 세월에 남의 빚을 다 청장하고, 어느 세월에 그 난봉 된 자식들을 잘 가르쳐서 사람 치러 다니고 형제간에 싸움만 하고 밤낮으로 무슨 일만 저지르던 것들이 지각이 들어서 집안에 유익 자식이 되도록 하기가 썩 어려울지라. 우리나라의 지금 형편이 이러한 터이라. 황제 폐하께서 등극하시면서 일반 정치를 개혁하시니 만고에 영걸(英傑)하신 성군이시라. 우리도 하루바삐 우리나라에 돌아가서, 우리 배운 대로 나라에 유익한 사업을 하여 봅시다."

하더니 옥순 남매가 그 길로 시에키 아나스 집에 가서 그 사정을 말한다. 그때 시에키 아나스는 나이 많고 또 병중이라. 그 재물을 다 흩어서 고아원과 자선 병원에 기부하고 그 자손은 각기 그 학력으로 벌어먹으라 하고 옥순 남매에게 미국 지화 오천 류를 주며 고국에 가라 하니, 옥순과 옥남이 그 돈을 고사하여 받지 아니하고, 다만 여비로 오백 류만 달라 하여 가지고 미국을 떠나는데, 시에키 아나스는 그 후 삼 삭 만에 세상을 버리고 먼 천당 길을 갔더라.

옥순과 옥남이 부산에 이르러서 경부 철도를 타고 서울로 향하여 오는데, 먼 산을 바라보고 소리 없는 눈물이 비 오듯 한다. 토피(土皮) 벗은 자산(赭山)에 사태가 길길이 난 것을 보면 '저 산의 토피를 누구들이 저렇게 몹시 벗겨 먹었누?' 하며 옛일 생각도 나고, '저 산이 언제나 수목이 울밀하게 될꼬?' 하며 앞일 생각도 한다. 산 밑 들 가운데 길가에 게딱지같이 납작한 집을 보면 저것도 사람 사는 집인가 싶은 마음이 난다.

옥순 남매가 어렸을 때 그런 것을 보고 자랐지마는 처음 보는 것같이 기 막히는 마음뿐이라. 그러나 한 가지 위로되는 마음은, 융희 원년은 황제 폐하께서 정치를 개혁하신 해라. 다시 마음을 활발히 먹고 서울로 올라와서 하루도 쉬지 아니하고 그 길로 강릉으로 내려간다.

강릉 경금 동네에 웬 양복 입은 남자와 양복 입은 부인이 교군을 타고 오다가 동네 가운데에서 교군을 내려 나오더니 최 본평 집을 묻는데, 그 동네에서 양복 입은 부인을 처음 보던지, 구경꾼이 앞뒤로 모여들고 개 짖는 소리에 말소리가 자세히 들리지 아니한다. 그 양복 입은 부인은 옥순이요, 남자는 옥남이라. 동네 사람들이 옥순 남매가 왔다는 말을 듣고 앞뒤로 따라 서서 본평 집으로 데리고 가는데 사람이 모여들고 모여든다.

김정수의 부인은 어디서 듣고 그렇게 빨리 쫓아오던지 달음박질을 하다가 짚신짝이 앞으로 팽개를 치는 듯이 벗어져 나가

다가, 길 아래 논에 떨어지는 것을 보고 건질 새도 없이 버선 바닥으로 쫓아와서 옥순과 옥남을 붙들고 울며 본평 집으로 간다.

이때는 가을이라, 서리 맞은 호박잎은 울타리에 달려 있어 바람에 버썩버썩하는 소리뿐이요, 마당에는 거친 풀이 좌우로 우거졌는데, 이 집에도 사람이 있나 싶은 그 집이 본평 집이라.

옥남은 생각나는 일도 있고 잊어 버린 일도 많지마는 옥순은 눈에 보이는 물건이 차차 볼수록 어제 보던 물건 같고 옛일을 생각할수록 어제 지내던 일같이 생각이 난다.

옥순 남매가 그 어머니 방으로 들어가는데, 그 어머니는 살아 있으나 뼈만 앙상하게 남고, 그중에 늙어서 머리털은 희뜩희뜩하고 귀신같은 모양으로 미친 증세는 이전에 볼 때보다 조금도 다를 것이 없는지라. 옥순이 어머니 앞으로 달려들며,

"어머니 어머니, 옥순이, 옥남이가 어머니를 떠나서 만리타국에 공부하러 갔다가 오늘 집에 돌아왔소. 어머니 어머니, 어머니가 어찌하여 지금까지 병환이 낫지 못하셨단 말이오?"
하며 기가 막혀 우느라고 다시 말을 못하는데, 옥남이 그 어머니 앞에 마주 앉아 울며,

"어머니, 날 좀 자세히 보시오. 내가 어머니 아들이오. 아버지께서 돌아가신 후에 어머니가 철천지한을 품고 계신 중에 유복자로 나를 낳으시고 이런 병이 드셨으니, 나 같은 불효자가 아

121

니 났다면 어머니가 저런 병환이 아니 들으셨을 터인데……."

그 말끝을 마치지 못하여 본평 부인이 소리를 버럭 지른다.

"무엇이냐 응, 불효라니? 이놈 네가 뉘 돈을 뺏어 먹으려고 누구더러 불효부제라 하느냐? 이놈, 이때까지 아니 죽고 살아서 백성의 돈을 뺏어 먹으려 든단 말이냐?"

하며 미친 소리를 한다. 옥남이 목이 메어 울며,

"어머니 어머니, 어머니가 저런 마음으로 병이 들으셨소그려. 지금은 백성의 재물 뺏어 먹을 사람도 없고 무죄한 백성을 죽일 사람도 없는 세상이오."

본평 부인이 이 말을 어찌 알아들었던지,

"응, 무엇이야? 그 강원 감사 같은 놈들이 다 어디 갔단 말이냐?"

"어머니가 그 말을 알아들으셨소. 지금 세상은 이전과 다른 때요. 황제 폐하께서 정치를 개혁하셨는데 지금은 권리 있는 재상도 벼슬 팔아먹지 못하오. 관찰사, 군수들도 잔학생민(殘虐生民)하던 옛 버릇을 다 버리고 관항돈 외에는 낯선 돈 한 푼 먹지 못하도록 나라 법을 세워 놓은 때올시다. 아버지께서 이런 때에 계셨더면 재물을 아무리 많이 가졌더라도 그런 화를 당할 리가 없으니 아버지께서도 지하에서 이런 줄 아실 지경이면 천추의 한이 풀리실 터이니, 어머니께서도 한 되던 마음을 잊어버리시고 여년을 지내시오. 나는 어머니 유복자 옥남이오."

본평 부인이 정신이 번쩍 나서 옥남과 옥순을 붙들고 우는데, 첩첩한 구름 속에 묻혔던 밝은 달 나오듯이 본정신이 돌아오는데 운권청천(雲捲靑天)이라. 옥남을 붙들고 울며,

"이애, 네가, 네가 하늘에서 떨어졌느냐? 땅에서 솟았느냐? 내 속에서 나온 자식이 이렇게 자라도록 내가 모르고 지냈단 말이냐? 옥남아, 네 이름이 옥남이란 말이냐? 어디로 갔다가 이제 왔느냐? 너의 아버지 돌아가실 때도 젊으셨던 때라 네 얼굴을 보니, 너의 아버지를 닮은들 어찌 그렇게 천연히 닮았느냐? 이애 옥순아, 너는 너의 아버지 돌아가실 때에 어린아이라, 어렸을 때 일을 자세히 생각할는지 모르겠다마는 너는 너의 아버지 얼굴을 못 생각하거든 옥남을 보아라. 이에 옥순아, 네가 벌써 자라서 저렇게 되었단 말이냐? 내가 본정신으로 너희들을 다시 만나 보니, 오늘 죽어도 한을 잊어 버리고 죽겠다. 그러나 너의 아버지께서 살았다가 저런 모양을 보셨으면 오죽 좋아하셨으며, 또 평생에 나라를 위하여 근심하시고, 우리나라 백성을 위하여 근심하시더니, 탐관오리들이 다 쫓겨서 산 깊이 들어앉았는 이 세상을 보셨으면 오죽 좋아하시겠느냐? 나와 같이 절에나 올라가서 너의 아버지가 연화세계(蓮花世界)로 가시도록 불공이나 하고 너희들은 너희 아버지 계신 연화세계로, 이 세상이

태평세계 되었다고 축문이나 읽어라."

옥순 남매가 뜻밖에 어머니 병이 나은 것을 보더니 마음에 어찌 좋던지, 그 이튿날 어머니를 모시고 절에 가서 불공을 한다.

극락전 부처님은 말없이 가만히 앉았는데 만수향 연기는 맑은 바람에 살살 돌아 용트림하고 본평 부인이 축원하는 소리는 처량하다.

길 동구 밖에서 총 소리 한 번이 탕 나면서, 웬 무뢰지배(無賴之輩) 수백 명이 들어오더니 옥순 남매를 붙들어 내린다.

옥순과 옥남은 학문과 지식이 넉넉한 사람이라 조금도 겁나는 기색이 없고 천연히 붙들려 나가는데, 그 무뢰지배가 옥순 남매를 잡아 놓고 재약한 총부리를 겨누면서,

"네가 웬 사람이며 머리는 왜 깎았으며, 여기 내려오기는 무슨 정탐을 하러 왔느냐? 우리는 강원도 의병이라. 너 같은 수상한 놈은 포살하겠다."

하며 기세가 당당한지라. 옥남이 나서더니 일장 연설을 한다.

"여보시오 우리 동포, 들어보시오. 나는 동포를 위하여 공변되게 하는 말이니, 여러분이 평심서기(平心舒氣)하고 자세히 들으시오. 의병도 우리나라 백성이요, 나도 우리나라 백성이라. 피차에 나라 위하고 싶은 마음은 일반이나, 지식이 다르면 하는 일이 다른 법이라. 이제 여러분 동포께서 의병을 일으켜서 죽기

를 헤아리지 아니하고 하시는 일이 나라에 이롭고자 하여 하시는 일이오, 나라에 해를 끼치려는 일이오? 말씀을 하여 주시오. 내가 동포를 위하여 그 이해를 자세히 말하면, 여러분의 마음과 같지 못한 일이 있어서 나를 죽이실 터이나, 그러나 내가 그 이해를 알면서 말을 아니하면 여러분 동포가 화를 면치 못할 뿐 아니라 국가에 큰 해를 끼칠 터이니, 차라리 내 한 몸이 죽을지라도 여러분 동포가 목전의 화를 면하고, 국가 진보에 큰 방해가 없도록 충고하는 일이 옳을 터이라. 여러분이 나를 죽일지라도 내 말이나 다 들은 후에 죽이시오. 여러분 동포가 의리를 잘못 잡고 생각이 그릇 들어서 요순 같은 황제 폐하 칙령을 거스르고 흉기를 가지고 산야로 출몰하며 인민의 재산을 강탈하다가 수비대 일병 사오십 명만 만나면 수십 명 의병이 저당치 못하고 패하여 달아나거나, 그렇지 아니하면 사망 무수하니, 동포가 하는 일은 국민의 생명만 없애고 국가 행정상에 해만 끼치는 일이라. 무엇을 취하여 이런 일을 하시오? 또 동포의 마음에 국권을 잃은 것을 분하게 여긴다 하니, 진실로 분한 마음이 있을진대 먼저 국권 잃은 근본을 살펴보고 장차 국권이 회복될 일을 하는 것이 옳은 일이라. 우리나라 수십 년래 학정을 생각하면 이 백성의 생명이 이만치 남은 것이 뜻밖이요, 이 나라가 멸망의 화를 면한 것이 그런 다행한 일이 없소. 우리나라 수십 년래 학정은 여러분이 다 같이 당한 일이니 모르실 리가 없으나, 나는 내 집에서 당하던 일을 말씀하리다. 내 선인도 재물 냥이나 있는 고로 강원 감영에 잡혀가서 불효부제로 몰려서 매 맞고 죽은 일도 있고, 그 일로 인연하여 집안 화패가 무수하였으니, 세상에 학정같이 무서운 건 없습디다. 여보, 그런 한심한 일이 있소? 이야기를 좀 들어보시오. 내가 미국 가서 십여 년을 있었는데, 우리나라 사람 하나를 만나서 말을 하다가 그 사람이 관찰사를 지낸 사람이라 하는 고로, 내가 내 집안에서 강원 감사에게 학정 당하던 생각이 나서 말하나니 탐장하는 관찰사는 죽일 놈이니 살릴 놈이니 하였더니, 그 사람이 하는 말이, '그런 어림없는 말 좀 마오. 관찰사를 공으로 얻어 하는 사람이 몇이나 되오? 처음에 할 때도 돈이 들려니와, 내려간 후에 쓰는 돈은 얼마나 되는지 알고 그런 소리를 하오? 일 년에 몇 번 탄신에 쓰는 돈은 얼마나 되며 그 외에는 쓰는 돈이 없는 줄로 아오? 그래, 몇 푼 되지 못하는 월급만 가지고 되겠소? 백성의 돈을 아니 먹으면 그 돈 벌충을 무슨 수로 하오? 만일 관찰사로 있어서 돈 한 푼 아니 쓰고 배기려 들다가 벼락은 누가 맞게?' 하는 소리를 듣고 내가 기가 막혀서 말대답을 못 하였소. 대체 그런 사람들이 빙공영사(憑公營私)로 백성의 돈을 뺏으려는 말이요, 탐장(貪贓)을 예사로 알고 하는 말이라. 그러한 정치에 나라가 어찌 부지하며 백성이 어찌 부지하겠소? 그렇게 결딴낸 나라를 황제 폐하께서 등극하시면서 덕을 헤아리시고 힘을 헤아리셔서 나라 힘에 미쳐 갈 만한 일은 일신 개혁하시니, 중앙 정부에는 매관매직(賣官賣職)하던 악습이 없어지고, 지방에는 잔학생령(殘虐生靈)하던 관리가 낱낱이 면관이 되니, 융희 원년 이후로 황제 폐하께서 백성에게 학정하신 일이 무엇이오? 여보 동포들, 들어보시오. 우리나라 국권을 회복할 생각이 있거든 황제 폐하 통치하에서 부지런히 벌어먹고 자식이나 잘 가르쳐서 국민의 지식이 진보될 도리만 하시오. 지금 우리나라에 국리민복(國利民福)될 일은 그만한 일이 다시없소. 나는 오는 개혁하신 황제 폐하의 만세나 부르고 국민 동포의 만세나 부르고 죽겠소."

하더니 옥남이 손을 높이 들어,

"대황제 폐하 만세, 만세, 만세! 국민 동포 만세, 만세, 만세!"

그렇게 만세를 부르는데 의병이라 하는 봉두돌빈(蓬頭突鬢)의 여러 사람이 아우성을 지르며,

"저놈이 선유사의 심부름으로 내려온 놈인가 보다. 저놈을 잡아가자."

하더니 풍우같이 달려들어서 옥순 남매를 잡아가는데, 본평 부인은 극락전 부처님 앞에 엎드려서 옥순 남매를 살게 하여 줍시사, 하는 소리뿐이라.

은세계

이인직 [李人稙, 1862. 7. 27. ~ 1916. 11. 1.]

1862년 경기도 음죽(陰竹, 현재 이천)에서 태어났다. 일본 도쿄정치학교(東京政治學校)를 졸업하고, 러일 전쟁이 발발한 후 일본 육군성 1군 사령부 소속의 통역관으로 복무했다. 〈국민신보(國民新報)〉와 〈만세보(萬歲報)〉의 주필을 지냈으며, 한국 최초의 신소설《혈의 누》,《귀의 성》등을 신문에 연재하였다. 1907년 7월에는 대한신문사(大韓新聞社)의 사장이 되었으며 이때 이완용과 두터운 친분 관계를 유지하는 등 친일을 하였다. 초기 신소설을 개척하였다고 평가받는다.

은세계

◆ **작품 개관**

《은세계》는 1908년 동문선을 통해 최초 발행되었는데, 상편만 발
간되었고, 하편의 발간 유무는 불확실하다. 개화의 흐름과 함께
조선 말 탐관오리들의 학정과 그에 대한 저항 의식이 뚜렷하게 드
러난 작품으로 신소설 중 높은 평가를 받는다. 곳곳에 삽입된 민
요 등 비판 정신이 매우 잘 구현된 전반부에 비해 후반부로 갈수
록 문제 해결의 의지를 외국에서 찾으려 해 작품의 긴밀성이 다
소 떨어지는 면이 있다.

◆ **주요 등장인물**

최병도 재산이 제법 있는 양반. 젊은 날 김옥균의 사상에 심취하였
으며 학정을 일삼는 강원 감사에게 돈을 순순히 주지 않아 억울
하게 죽는다.

본평 부인 최병도의 부인. 남편이 죽은 뒤 실진하여 옥남이 커서 찾
아올 때까지 자식 뒷바라지도 하지 못한다.

김정수 최병도의 친구. 최병도의 사상에 깊이 공감하여 최병도가
죽은 뒤 그의 집안과 옥순 남매를 돌본다.

옥순 아버지 최병도가 죽는 과정, 어머니 본평 부인이 실진한 이
후의 삶 등을 똑똑히 목격한다. 배움의 길과 어머니에 대한 정 사
이에서 갈등한다.

옥남 미국에서 유학하며 새로운 문물과 가치를 습득한다. 개혁에
대한 열망을 갖고 있으나 민족에 대한 역사 의식은 다소 결여되
었다.

◆ **줄거리**

강원도 강릉의 경금에 김옥균의 사상적 영향을 받은 최병도라는
부자 양반이 있었다. 그때 강원도 감사는 백성들의 재산을 빼앗
는 데만 급급해 그 밑의 영문 장차들도 같이 득세하여 재산 있는
백성들을 괴롭히러 다녔다. 최병도 집을 찾아온 영문 장차는 최
씨가 돈을 순순히 내놓지 않자 고문을 시작하고, 처와 딸의 만류
로 칠백 냥에 합의를 보고 잡아가며 뒷일을 잘 봐 줄 것을 약속한
다. 그때 최병도의 친구 김정수가 찾아와 영문 장차들에게 사연

을 물었다가 망신을 당하자 동네 사람을 모아 장차들을 때려죽이려 한다. 동네 사람들이 이에 합세하자 장차들은 간담이 서늘하여 벌벌 떨고, 최병도가 말려 동네 사람들이 물러간다.

김 씨와 최 씨는 공론 끝에 일이 커졌으니 김 씨는 최 씨의 돈을 받아 도망하고, 최 씨는 재산이 있으니 어디로 가도 괴롭힘을 받을 것이므로 그냥 원주 감영에 잡혀가기로 한다. 감사가 끌려온 최병도에게 불효부제 등의 애매한 죄를 물으나 최병도의 논리적 대답에 모두 막힌다. 이에 주위 사람들 모두가 무죄를 주장하나 감사는 관아에서 발악했다는 새로운 죄를 씌워 최병도를 고문한 뒤 부자들만 수감하는 별옥에 집어 넣는다. 감사의 의도대로 돈을 내놓지 않자 최병도는 반년이 넘게 괴로운 옥생활을 하며 고향으로 돌아가지 못한다.

한편, 경금에서는 농군들이 최병도의 불쌍함과 시대의 어려움을 개탄하는 민요를 지어 부르고, 본평 부인은 농군들의 도움으로 남편을 만나러 원주에 갔다가 때마침 감사가 최병도에게 물고령을 내려 죽이려는 장면을 본다. 원주에서 쫓겨나고, 죽을 지경이 된 최병도는 호방의 제안으로 가까스로 풀려난다. 유문주막에서 상봉한 최 씨 내외는 기쁨도 잠시, 교군꾼들을 몰아 대관령을 넘던 차에 최병도가 세상을 뜬다. 최병도의 유언에 따라 대관령의 가장 높은 봉에 묻고 혼자 돌아온 본평 부인은 한 달 후 옥동자를 순산했으나 속병을 얻어 미친 증세를 보인다. 도망갔던 김정수가 최병도가 죽은 것을 듣고 돌아와 미친 본평 부인과 옥남을 떨어뜨려 생활하게 한다.

최병도의 유언에 따라 최 씨 집안의 살림을 모두 맡은 김정수가 옥남과 옥순을 데리고 미국 워싱턴으로 유학을 간다. 십 년 기약으로 갔으나 중도에 돈이 떨어져 학비를 가지러 김 씨 혼자 귀국했는데 최 씨 집안의 살림을 맡겨 놓았던 김 씨의 아들이 난봉을 하여 재산을 모두 말아먹은 뒤였다. 옥순 남매에 대한 걱정으로 고심하던 김 씨는 술로 몇 달을 지새우다 죽는다. 그로부터도 몇 개월 뒤에야 김정수의 죽음을 연락받은 옥순 남매는 자살할 생각으로 열차 앞에 섰다가 순사에게 구원받고, 이 이야기를 알게 된 시에키 아나스가 옥순 남매의 유학비를 대 주겠다고 나선다.

몇 년간 더 공부하던 중 옥순은 고향의 어머니 걱정을 떨치지 못해 돌아가자고 동생을 설득하지만 옥남은 오히려 나라를 위해 공부해야 한다는 논리로 옥순을 설복시킨다. 몇 년 뒤 순종의 개혁 소식을 들은 옥순 남매는 시에키 씨에게 작별을 고하고 고국의 일꾼이 되기 위해 귀국한다. 찾아간 고향에서 어머니는 여전히 미쳐 있었으나 옥남의 간절한 말에 정신을 차리고 기쁜 상봉을 한다. 이때 강원도 의병 수백 명이 내려와 옥순 남매를 붙잡는데, 옥남은 국권을 빼앗긴 것보다도 전래의 학정이 사라진 것이 훨씬 좋은 일이라며 의병들을 해산하라고 설득한다. 옥남이 임금의 앞잡이로 온 벼슬아치라고 생각한 의병들은 옥남 남매를 잡아간다.

◆ **작가와 작품**

《은세계》에 드러난 친일적 사고

이인직은 신소설의 대표 작가이자 문화 운동가이기도 하지만 한편으로는 1910년 일본과 한일합방 교섭에 참여한 친일 성향의 정치인이기도 하다. 조선과 일본의 병합을 정당화하였으며 일제의 통치를 칭송하는 다양한 활동을 하였다. 그러한 성향은 작품에서도 은연중에 드러난다.

첫째, 최병도와 김정수가 사상적 스승으로 여기는 김옥균은 1884년 갑신정변을 주도한 인물로 친청파였던 민비와의 대립을 위해 일본을 끌어들인 바 있는 인물이다. 이인직의 소설 속에서 왜 하필 김옥균이 사상적 스승으로 등장하는가에 대해서는 김옥균이 '일본'을 개혁의 모델로 삼았고 '일본'을 자신의 지지 세력으로 삼았다는 점과 무관하지 않다.

둘째, 최옥남과 최옥순 남매가 국내로부터 원조가 끊겨 괴로

워할 때 구원하는 자가 시에키 아나스라는 일본인이다. 그는 신실한 사람으로 옥순 남매에게 아무것도 요구하지 않고 비싼 미국 유학비를 모두 대 주며 공부시킨다. 이처럼 일본인이 긍정적으로 그려져 있다는 점도 간과할 수 없는 사실이다.

셋째, 고종의 강제 퇴위 및 양위에 대해 오히려 긍정적으로 그렸다는 점이다. 전 국민이 슬퍼하고 의병이 전국적으로 일어난 사건에 대해 오히려 주인공 옥남은 이를 긍정적인 개혁의 순서로 이해한다. 이것 역시 작가의 친일 성향과 무관하다고 볼 수 없다.

◆ 작품의 구조
　　제목의 반어성

은세계란 사방에 눈이 쌓인 곳을 아름답게 이르는 말이다. 이 소설의 첫 부분이 눈 내린 강릉을 묘사하는 것에서 시작한다는 점을 볼 때 그럴듯하게 연결된다. 그러나 이 작품 그 어떤 부분에서도 강릉은 '아름다운 세계'일 수 없다.

　　"웅, 마누라는 죄를 지어도 알뜰하게 잘 지었지. 우리 죄
　　는 두 가지 죄라, 한 가지는 재물 모은 죄요, 한 가지는

세력 없는 죄."

죄 지은 것이 없다고 항변하는 아내에게 최병도가 한 말이다. 노름이나 주색잡기에 빠지지 않고 돈을 착실히 모은 것은 내외간의 덕이지 죄가 될 수는 없는 노릇이다. 그러나 백성들의 돈을 빼앗을 생각뿐인 관료들에게 그것은 '죄'가 된다. 이를 볼 때 이 작품의 제목은 강한 반어적 의미를 창출하고 있다.

◆ **작품의 감상과 수용**
비판과 비전
이 작품은 전해 오던 '최병두 타령'을 기본으로 조선말의 부정부패한 관료층의 문제를 적나라하게 비판한다. 돈을 뺏기 위해 없는 죄도 만들어 붙이는 관료들의 작태를 자세히 그리고 이에 대한 백성들의 반응을 대화 및 민요를 삽입하여 꼬집고 있다. 이 작품이 신소설 중에서 높은 평가를 받는 것은 바로 이러한 비판 의식과 그것을 녹여 내는 방식이 잘 어우러져 바람직한 주제 의식을 표출하기 때문이다. 그렇다면 적절하고 건전한 비판 뒤에 따라와야 할 것은 무엇일까? 바로 바람직한 비전의 제시이다.

물론 문학 작품은 당대의 모습을 적나라하게 그린 것만으로 충분히 의미가 있으며 비전 제시가 문학의 기본 의무는 아니다. 그러나 이인직의 《은세계》는 옥남이라는 인물을 통해 작가가 나름대로의 비전을 제시하려고 한 작품이므로 이에 대해 생각해 볼 필요가 있다. 고루한 봉건 체제와 부정한 관료층 문제를 해결하기 위해 《은세계》는 어떤 비전을 제시하는가? 우선 옥남이 의병을 향해 외치는 마지막 말을 살펴보자.

그렇게 결판낸 나라를 황제 폐하께서 등극하시면서 덕을 헤아리시고 힘을 헤아리셔서 나라 힘에 미쳐 갈 만한 일은 일신 개혁하시니, 중앙 정부에는 매관매직(賣官賣職)하던 악습이 없어지고, 지방에는 잔학생령(殘虐生靈)하던 관리가 낱낱이 면관이 되니, 융희 원년 이후로 황제 폐하께서 백성에게 학정하신 일이 무엇이오? 여보 동포들, 들어보시오. 우리나라 국권을 회복할 생각이 있거든 황제 폐하 통치하에서 부지런히 벌어먹고 자식이나 잘 가르쳐서 국민의 지식이 진보될 도리만 하시오. 지금 우리나라에 국리민복(國利民福) 될 일은 그만한 일이 다시없소.

융희 황제의 등극은 일본이 고종을 강제 폐위시킨 뒤 가능했다는 점, 일본으로부터 벗어나기 위한 노력이 묵살되었다는 점 등 많은 정치적 문제를 안고 있었다. 설사 일시적으로 개혁이 된 것이라 할지라도 그것은 나라 발전을 위한 것이 아니라 일본의 제국주의적 야심의 의도가 개입된 것이었다는 점에서 옥남의 말은 바람직한 역사 의식을 토대로 만들어졌다고 볼 수 없다.

올바른 비판을 하는 사람은 많아도 바람직한 비전을 제시할 수 있는 사람은 많지 않다. 이인직 역시 당대의 지성인으로서 사회 비판적인 눈을 갖고 있었으나 본인의 정치적 입장 등의 이유로 바람직한 비전을 제시하는 이는 되지 못했다. 우리 사회는 올바른 비판을 수용하는지, 바람직한 비전을 제시하는 목소리가 있는지 다시 한 번 생각해 보게 만드는 작품이다.

◆ **작품에 반영된 현실**

1907년 무슨 일이 있었나?

이 작품은 전반기의 최병도 이야기와 후반기의 옥순 남매 이야기로 구성되어 있다. 미국 워싱턴에서 유학하던 옥순 남매가 귀국을 결심하는 것은 1907년 '한국 대개혁'이라는 신문 기사를 보고 난 뒤이다. 새로 출발하는 국가의 인재가 되어 일하기 위해 돌아오는 것이다.

그러나 실제 역사에서 1907년은 어떤 해였던가? 1907년 대한제국의 1대 황제 고종은 헤이그 특사 사건을 계기로 일본에 의해 강제로 퇴위당하고, 2대 융희 황제(순종)가 등극한다. 또한 일제가 대한제국의 군대를 해산하여 전국 각지에서 의병이 일어났던 해이기도 하다. 이 모든 수순은 일본이 대한제국을 식민통치하기 위한 것이었다. 그런데 이것을 옥남은 '한국 대개혁'의 시작이라고 보고 귀국하는 것으로 그려져 있다. 과거의 탐관오리에 의한 학정이 사라지고 순종에 의해 개혁이 시작된 것으로 판단한 것이다. 마지막 장면에서 의병들에게 설유하는 장면도 이와 상통한다. 설사 탐관오리에 의한 학정이 사라졌다고 해도 나라를 빼앗기는 과정이 개혁의 과정일 수는 없다. 이를 인지하지 못하는 옥남이라는 인물은 민족 의식의 부재를 여실히 보여준다. 이는 작가의 의식과도 관련이 있다.